毛利潔

ネルヴァル, アラン＝フルニエ, カダレ

文学論集

毛利潔　著

大学教育出版

前 書 き

　この本は2016年7月9日に亡くなった私たちの親友，毛利潔くんが生前書いていた文学関係論文を集めたものである。私たちが毛利くんと出会ったのは大学1年の時で，以来54年間学生の頃と変わらぬ交友を続けてきた。彼の斬新で切れ味鋭い論評は私たちのともすれば固まりがちなものの考え方に揺さぶりをかけ，笑いと共にいつも精神のリフレッシュをもたらしてくれていた。ただ彼がフランス文学の教員として大学でどんな研究をしていたのか，それについて彼が話題にすることはなく，私たちの誰も知らないままだった。

　彼が亡くなって間もなくみんなでお宅にお邪魔した時，奥様から毛利くんが九州産業大学，福岡大学に勤務していた頃に発表した論文に手を加えたものがあると見せていただき，そこで初めて彼がネルヴァルやアラン＝フルニエ，そしてアルバニアの作家イスマイル・カダレに興味を持ち研究していたことを知った。それを本にまとめようという話になったのもこの時である。そういうわけで，この本は私たちにとっては毛利くんとの長い友情の新しい思い出となるものである。編集作業の中で論文を読んでいると毛利くんとまた会話しているようだったからである。

　収録した論文はジェラール・ド・ネルヴァルの作品を扱ったものが3篇，アラン＝フルニエ関係が1篇，イスマイル・カダレ関係が4篇，いずれも勤務大学の「紀要」に最初掲載したものに後で手を加えたものである。もう1篇の「吟遊詩人」に関する小論は，NTTの冊子「COMMUNICATION」に掲載した文章がもとになっている。どの論文も最初に発表した時とは内容がかなり変わっているが，参考までに初出年を論文の最後に記しておくことにした。「注」はほぼ初出時のままである。

　なお原稿ではほとんどの人名，土地名，作品名などは欧文そのままになっ

ていたが，読みやすさを考え，編集時に読みをカタカナで記したり作品名に
ついては邦訳名をつけたりしている。

2017年7月9日

福永　良輔
納戸　満哉
藤本　純也
池田　利紀
水本　弘文（文責）

毛利潔文学論集
ネルヴァル，アラン＝フルニエ，カダレ

目　次

前書き ……………………………………………………………………………… i

ジェラール・ド・ネルヴァル：『オーレリア』における夢の方法
── 語り機能としての夢 ── …………………………………… 1

はじめに ……………………………………………………………………………… 1

Ⅰ　成立 ……………………………………………………………………………… 3

Ⅱ　構造 ……………………………………………………………………………… 6

　　A）オーレリア追求　　*8*
　　B）宗教的自己救済　　*12*

おわりに …………………………………………………………………………… 17

注 …………………………………………………………………………………… 19

ジェラール・ド・ネルヴァル：『アンジェリック』の２つのテーマ
──「古書探索の迷路性」と「失われた母」── ………………… 20

はじめに …………………………………………………………………………… 20

Ⅰ　………………………………………………………………………………… 22

Ⅱ　………………………………………………………………………………… 26

　　A）古書探索の迷路性　　*28*
　　B）失われた母　　*34*

おわりに …………………………………………………………………………… 43

注 …………………………………………………………………………………… 44

ジェラール・ド・ネルヴァル：『10月の夜』── 未遂の構造── ………… 47

はじめに …………………………………………………………………………… 47

Ⅰ　構造 …………………………………………………………………………… 50

Ⅱ　オプセッション ……………………………………………………………… 56

　　A）歌う女／女優　　*59*
　　B）巡歴／迷路　　*62*
　　C）迂回／遅延　　*66*

目　次　*v*

おわりに……………………………………………………………… *69*

注　　………………………………………………………………… *70*

アラン＝フルニエ：『グラン・モーヌ』── 憧れに生きる者── ……… *72*

はじめに……………………………………………………………… *72*

Ⅰ　出発……………………………………………………………… *74*

Ⅱ　願望……………………………………………………………… *79*

Ⅲ　憧れ……………………………………………………………… *85*

Ⅳ　フランツ………………………………………………………… *89*

おわりに……………………………………………………………… *91*

注　　………………………………………………………………… *92*

イスマイル・カダレ：『3つのアーチの橋』……………………… *93*

はじめに……………………………………………………………… *93*

Ⅰ　………………………………………………………………… *95*

Ⅱ　………………………………………………………………… *101*

おわりに……………………………………………………………… *104*

注　　………………………………………………………………… *106*

イスマイル・カダレ：『砕かれた四月』
　　──不条理と寓意をめぐって── ………………………………… *110*

はじめに……………………………………………………………… *110*

Ⅰ　カヌンとは何か………………………………………………… *111*

Ⅱ　ジョルグ／ディアナ／ベシアン……………………………… *114*

Ⅲ　迷宮と円環……………………………………………………… *121*

おわりに……………………………………………………………… *124*

注　　………………………………………………………………… *125*

イスマイル・カダレ:『誰がドルンチナを連れ戻したか』
——「欲望の三角形」—— …………………………………………… 127

はじめに ……………………………………………………………… 127

Ⅰ　警備隊長ストレスの情念 ……………………………………… 128

Ⅱ　「欲望の三角形」……………………………………………… 133

Ⅲ　コンスタンチンとは何者か …………………………………… 140

おわりに ……………………………………………………………… 144

注 ……………………………………………………………………… 145

イスマイル・カダレ:『夢宮殿』 ………………………………… 147

はじめに ……………………………………………………………… 147

Ⅰ　………………………………………………………………… 149

Ⅱ　………………………………………………………………… 153

Ⅲ　………………………………………………………………… 157

おわりに ……………………………………………………………… 161

注 ……………………………………………………………………… 162

吟遊詩人の系譜 ……………………………………………………… 164

１）２重構造の吟遊詩人　　164

２）トルバドゥールの謎　　166

３）トルバドゥールの系譜　　169

毛利潔文学論集
ネルヴァル，アラン＝フルニエ，カダレ

ジェラール・ド・ネルヴァル
『オーレリア』における夢の方法
―― 語り機能としての夢 ――

はじめに

　A. ベガン Albert Béguin が「夢は自分自身の内部に閉ざされた個人意識から逃れることを可能にする，われわれの権限内にある手段の一つである」[1]と言う時，ジェラール・ド・ネルヴァル Gérard de Nerval (1808-1855) の『オーレリア』Aurélia (1855) は夢と妄想の表象にみちた狂者の手記としての曖昧さから解放され，独自の論理的整合性を備えた作品としてあらわれてくる。

　しかし，現実世界と夢世界とが入り混じった「生体験の真の総和」[2]とも言えるこの作品は，そこに展開されるヴィジョンがいわゆる「狂気の論理」[3]と結びついているがために，感覚と思考が個人的妄執や特異な象徴的表現の中に入り込んでいて，客観的な水準でその意味を追うことは極めて難しい。J. ジロドゥー Jean Giraudoux が言うように，『オーレリア』はわれわれのエクリチュールの水準では書かれていないのである。[4] 従って，問題となるのは，この作品で語られる幾つもの夢がどのような意味を帯びているのかであり，また，夢の記述と現実生活の記述が交錯する独特の構成にどのような意図があったのかということである。こうした構成はネルヴァルのそれまでの

作品にほとんど見られなかっただけに,『オーレリア』のこの手法はかなり意識的なものだったのではないかと思われる。

　自分が見た夢を記述するというのは,もともとは,ネルヴァルがパッシーの精神病院に入院していた時の主治医ブランシュ博士 Dr Blanche の勧めに従ったものと言われる。つまりこれは,ネルヴァルを拘束していた幻想の「古い束縛」（II部6章）を取り除くことを目的として内部心象のすべてを書き写す,という治療上の手段だったのである。

　この治療の結果について,彼は1853年12月3日付けのブランシュ博士宛の手紙で次のように述べている。「わたしは永い間わたしに付きまとっていた幻影のすべてを頭から追い払うことができました。このような病的な幻影の後には,きっと健全な考えが甦ってくることでしょう。」[5]『オーレリア』の手記的,報告的な語り口は何よりもこの目的に対応したものであり,それは当然一般的な語り口とは異ってくる。さらに,彼がデュマ夫人 Mme Dumas への手紙で,[6] 自分のことを黙示録的な予言者であり見者であると書いていることから窺われるように,彼にはこの夢の記述ないし夢語りにおいて,夢であれ妄想であれ実際に自分が見て体験した独自の世界を提示しようとする積極的な意志があり,その意志に貫かれて語りの形態も特異なものになったのであろうと考えられる。

　「夢を固定しその秘密を探ろう」（終章）という意志は,ブランシュ博士への手紙で次のように語られる。

　　　わたしの思考はずっと純粋なものでした。だから,それらをこのように表現する自由を与えて下さい……もしよければ,わたしはこれら一連の夢を書き続けていくつもりですし,これをもとに一編の戯曲を書いてみようとも思っています。[7]

　この文面で注目すべきは,自分を呪縛する過去を客観視するために夢をありのままに書き写すという,いわば治療学的なレベルで始められた夢の記述

が，この時点では過去への回帰とその再構成を通して一篇の作品，つまりはひとつの新たな世界を創造する弾み台として意識されている事実である。

　つまり，『オーレリア』における夢の記述は，ネルヴァルの現実生活における失墜意識の補償行為，あるいは昇華作用となる段階を経て，さらに積極的な試み，言い換えれば，《夢を利用した自己創生》を目指すものへと変容していっているのである。こうした創造性に着目したR.マズリエ Roger Mazelier などは，ネルヴァルは決して夢など見たのではなく，彼にとっての夢とは自己の精神主義者（神秘主義者）としての確信の表現に好都合な虚構であり，語りの枠組み以外の何物でもなかったとまで極言する。[8]

　ともあれ，こうした多様な意義を帯びて記述される『オーレリア』の夢や幻覚は，物語の進展に合わせて話者の意識がある一定のヴィジョンへと収束するプロセスを示すものであり，作品の語り機能を全的に担うことになるのである。

I　成　立

　『オーレリア』の終章「記憶すべき事柄」の最後で，ネルヴァルはこの物語を「冥府下降」という言葉で要約している。このことは，この作品の構造が持つ意味合いを推測する手掛りとなるものである。彼は『火の娘たち』 *Les Filles du feu* (1854) の序文で，いつか「冥府下降」の物語を書くつもりだと予告していたし，『オーレリア』のI部1章でも古代ローマの作家アプレイウスApuleiusの『変身物語』（別名『黄金のロバ』）*Métamorphoses* や地獄下りを描いたダンテDanteの『神曲』*La Divina Commedia* を手本としてこれを書くのだと述べている。つまり，彼は『オーレリア』で自身をいわばオルフェウス（亡くなった愛妻エウリュディケを連れ戻そうと冥界へ降りていったギリシア神話の楽人）になぞらえ，冥府の試練を経た後に新生する姿を描こうと意図していたようである。

作品冒頭で話者は先ず，夢の住まいが「薄暗い地下」（I部1章）にあり，夢を捉えようとする企てが「冥府下降」に繋がることを暗示する。そしてこの企てのもとでは，話者にとっての夜毎の夢は「第二の人生」（同）あるいは「新生」（同）へ通じる道とされるのである。原文中，そこだけ特にイタリック体のこの「新生」*vita nuova*という言葉には，ダンテの作品『新生』*La Vita nuova* の影響が色濃く認められる。そして，夢を手段として到達を目指すこの新しい世界が同時に異様とも言える幻想的世界であることは，「新しい」nuovaという形容詞が持つもうひとつの意味「奇妙な」とも符合するものである。

　　ここに，後になって現実生活への夢の流入と名指すことになるものがわたしにとって始まったのだ。この瞬間から，すべてのものが時に二重の様相をとることになり，しかも，その時には推理力がその論理を失うこともなく，また記憶力もわたしに起こった出来事のどのような些細な点をも見逃すことはなかったのである。ただ，外見では正気を失ったように思われたわたしの行動は，人間の理性から見れば幻覚と呼ばれているものの支配下にあったのだ。（I部3章）

　話者がオルフェウスのように夢という冥界の中へ降りて行き，第一に求めるものは，オルフェウスの神話が語る内容そのままに，今は亡き愛する者との再会である。

　失われた愛しい人を希求するというこのテーマは，短編集『火の娘たち』の中に収められた『アンジェリック』*Angélique*，『シルヴィ』*Sylvie*，『オクタヴィ』*Octavie*などの物語から繋がるものであった。

　たとえば『シルヴィ』であるが，その最終部で半ば唐突に明らかにされる美しいアドリエンヌの死は，この物語の話者がそれまで心の奥に秘めていた彼女への恋心が，現実世界ではもう行き場を失うということであった。と同時に，この死は話者にとっては，現実という制約から解放されて，アドリエ

ンヌをどこまでも美しく慕わしい女性としていわば神話化していく始まりに
もなり得るものである。恋する想いは対象の死と共に消え去るわけではない。
このことは，ネルヴァルが現実生活で愛した女性ジェニー・コロン Jenny
Colon が破局の後も作品中で「オーレリー」Aurélie となり，さらに彼女が亡
くなった後には，ある意味作者の願望をすべて担った女性として「オーレリ
ア」Aurélia が創造されるという，そうした彼にとっては必然的な移行を予兆
させるものであった。その点で，『シルヴィ』という作品はいわゆる「オー
レリア神話」の成立を準備する作品と見なすことができるのである。

　『オーレリア』は，ネルヴァルの作品の系譜的な意味から言えば，『火の娘
たち』の短編中で語られた現世的な愛の試みとその絶望的な挫折という地点
から出発することになる。従って『オーレリア』の話者が位置するところは，
たとえば，『幻想詩集』Les Chimères（1854）に収められた詩「廃嫡者」El
Desdichado に見られるような心境であろう。

　　我は冥き者　妻もなく　慰めもなき者　朽ちはてた塔に住むアキタニ
　　アの王子：我が唯ひとつの星は死に　星をちりばめたリュートは　憂愁
　　の黒い太陽を抱く（『幻想詩集』）

　この詩は，ネルヴァルが1828年に仏訳したゲーテ Goethe の『ファウスト』
Faust 第Ⅱ部におけるフアウストの心情を思い起こさせるものである。亡き
我が子オイフオリオンが地底から母を求める声を聞いて妻ヘレナが彼を残し
て冥界へと去ってしまった後，ファウストの手許には彼女の衣とリュート，
そして憂愁が残っている。

　ただ，『オーレリア』におけるネルヴァルは，前にも述べたように，冥界
としての夢の中に降りていこうとする自分をファウストではなくオルフェウ
スになぞらえようとしている。たとえば，同じ「廃嫡者」の詩の第4節には
「オルフェウスのリュートを持ちアケロン川を渡った」とあり（アケロン川
は冥界を流れる川），また『オーレリア』のⅡ部冒頭のエピグラフには「エウ

リュディケよ！エウリュディケよ！」とオルフェウスが妻を求める叫びを記していることからも，ネルヴァルのオルフェウス化への強い意識が窺える。

　ともあれ，幾つもの夢語りがひとつの物語として機能するためには，それぞれの夢が一定の論理のもとに配列され，全体の流れの中で意味を持つことが必要になるだろう。『オーレリア』でその論理に当たるものは，オルフェウスとの同一化欲求が示すように，愛しい女性を取り戻すための試みであり，またそれを成功させるための自己変革，そして究極に待つ自己救済である。そして当然のことながら，それぞれの夢の意味はその「冥府下降」が目指す目標，すなわちネルヴァルが自己の幸せと救済を託す《女神》としてのオーレリアとの関係式の中から浮かび上がってくることになる。

II　構　造

　とはいえ，現実には，『オーレリア』のこうした筋立てを追うのはかなり困難を伴う。オーレリアを求めての「冥府下降」という形で物語は展開しながら，最終的には，話者の自己救済を課題とする「自己自身のドラマ」[9]と化してしまうこの構造は，オーレリア追求と自己救済との結びつきが必ずしも明示されてはいないだけに，物語としての目標の分化とも見える2つの要素が入り組み，極めて錯綜したものになっているのである。実際，それぞれの目標のために過去の出来事がいわば勝手に再構成，再配列されて，時間的な不統一を生みだし，全体としては「生のすべての瞬間がそれらに共通する意味作用との関連によって順序づけられた」[10]非時間的回想の世界となっているのである。

　それでも，こうした目標の分化に合わせるように，語りのレベルで明らかに重点を置く対象が変化したと感じられる箇所を見つけることはできそうである。そしてこの変化は夢に対する話者の意識の変化をも伴うことになる。

　その語りの転位が見られるのは，『オーレリア』のI部とII部の境であり，

より正確にはⅡ部4章である。話者の自己救済のテーマがキリスト教と結びついて表に出てくることになる。信仰の面から見れば，Ⅰ部は話者の罪意識と異教信仰が充満する妄想にも似た夢の世界であったが，Ⅱ部冒頭ではじめて人間の贖罪と救済を担って十字架にかかったイエスの神性を思い起こし，話者は自分の信じてきた異教体系とキリスト教の神との和解を企てるのである。そのあらわれのひとつが，話者ネルヴァルに異教信仰を教えた大伯父が実はキリスト教を信仰する人であったことをそこで思い出すことである。

　興味深いことだが，この大伯父アントワーヌ・ブシェ Antoine Boucher は夢の中では，話者の無意識的迷妄をあらわすかのような迷路めいた建物，回廊，雑踏した街，都市などを案内するひとりの「老人」（Ⅰ部4章）という姿で何度か登場していた。前を行く案内者と後に従う話者という構図は作品に何度か見られ，話者の自己認識が物語を通じて常に案内される者，即ち《導かれる者》であったことを窺わせる。話者が迷妄を抜け出すための助けを求めていたことのあらわれであろうか。女神に姿を変える婦人（Ⅰ部6章），友人（Ⅰ部9章），労働者（Ⅰ部10章）たちとの出会いにおいても話者はやはり《導かれる者》であった。

　自分を導く者たちの内で最も重要な位置にあった「老人」をキリスト教徒として捉え直した段階で，かつて異教世界への案内者であった「老人」は導く者としての役割を終え，これ以後はその役割を医師たち（Ⅱ部6章）や話者の分身とも言えるある若い患者が引き継ぎ，話者がキリスト教的ヴィジョンの中で救いを得るための仲介者，案内者となっていくことになる。

　一方，話者の夢そのものへの意識を問題とした場合，その転位はⅠ部9章においてなされている。J.リシェ Jean Richer はこの章の「眠りに尋ねてみよう」という箇所を指摘して，話者がここではっきりと夢に対する態度を変えたように思われると述べている。[11] つまり，自分に訪れた夢を忠実に再現するというそれまでの受動的態度を捨て去り，以後，夢の中から救いに繋がる象徴的な意味なり指針なりを汲みとろうと，意識的にそうした夢を呼び寄せようとする。夢の「行為者・実験者」になろうとするのである。

J.リシェはまた幾つかの理由を挙げて,『オーレリア』の草稿が1841年に書き始められたとしている。[12] 本格的な執筆が1853年12月であることから,I部の大部分がおそらくその草稿をもとにして書かれたであろうことは,「10年の間隔をおいて,わたしがこの物語の第I部で描いた……」(II部3章)とあることとほぼ一致する。つまり,『オーレリア』の完成稿の執筆は,内容から見てI部9章辺りから始められたものと思われる。I部にある夢は基本的に話者による解釈の作用を受けていない状態での《再現》なのだが,このI部9章以降II部で語られることになる夢については,話者が自身の抱く展望の中でそれらを積極的に《意味付け》しようとする意志が顕著なのである。II部の夢の幾つかがI部の夢と対応していることも,話者がI部の夢について改めて意味の捉え直しを行おうとしていることのあらわれであろう。

ともあれ,『オーレリア』にはA)オーレリア追求,B)宗教的自己救済,の2つの語りのレベルを認めることが可能であり,語られる夢の意味内容はこのA)B)それぞれのレベルにおける話者の願望との係わりで考えることができる。以下,各レベルに即して検討してみよう。

A) オーレリア追求

話者はオーレリアに対してある深い罪意識を抱いていて,彼女からの許しを得ようと接近を図るのだが,I部6章にある夢はこの試みが挫折に終わることを伝えるものである。この夢で彼はある心地よい庭園の中を案内するひとりの《婦人》の後を追っている。しかし彼女の姿はやがて周りの自然に溶け込み,拡散し,見えなくなってしまう。彼がオーレリアの死を意味する象徴,つまり地面に転がる女の胸像に出会うのはその時である。壊れ落ちたその胸像がオーレリアその人に見え,気がつけば庭もいつしか墓場の様子に変わっていた。

この夢の後,話者は実際にオーレリアが病死したことを知る。この死によって,彼女はもはや現実世界では接近することができない存在となり,彼女への過ちを償う機会も失われたことになる。話者が唯一頼りとできるのは,

彼女の魂が死者の住む冥界に存在しているという考えである。この死後の世界を異教的な冥界ではなく来世あるいはキリスト教的な天国として話者が意識するようになるのは更に後になる。ともあれ，話者の語りはこの夢を契機として新しい段階に入っていく。

　話者がオーレリアの死を実感するこの決定的な夢において，彼にとっては「楽園」（Ⅰ部5章）のイメージである庭が墓地へと変容することは重い意味を持つ。墓地はオーレリアの死を暗示するとともに，地下にある死者の国に繋がる冥府の門としての意味も持つからで，話者のオーレリア追求が以後は「冥府下降」の形を取らざるを得ないことを暗示しているのである。

　幸福の象徴である《葡萄棚》のある庭園が墓地に変る箇所は，Ⅰ部9章にも認められる。

　友人の家の見晴らしのいいテラスから庭へ降りる階段で足を踏みはずし，胸を強打した話者は，その瞬間に死を覚悟し，「こうして，<u>この時刻</u>に木々と<u>葡萄棚</u>と秋の花々に囲まれて死ぬ自分は幸せだ」（下線部筆者）と思うのだが，後になって自分が落ちたテラスからの眺めを思い起こした時，そこに墓地が見えていたこと，しかも，それがオーレリアの眠る墓地であったことに気づくのである。

　言われている《この時刻》というのは，話者のもう一つの幸福のイメージである落日の光景が広がる時間である。その光景の中にオーレリアの墓があるということは，話者が何らかの幸福感を覚える時には，常に，贖罪を果たせなかったオーレリアに対する後ろめたさが付きまとうようになったということである。Ⅱ部4章前後まで続く話者の抜き難い罪意識はオーレリアの死によってさらに重いものとなっている。

　この罪意識はやがて彼の宗教的回心に基づいた《施し・慈善》の実行の中で徐々に薄らいでいくのだが，その兆しは，オーレリアが眠る墓地へ話者が足を運ぶことになるⅡ部2章にある。彼はたまたま見知らぬ死者の柩の行列に出会い，自発的にこの葬列に加わる。冥府へ下ることになるこの死者に話者が自己を投影し，擬似的な「冥府下り」を行おうとしたとも見えるのだが，

この時は単純に，亡くなったオーレリアに対するのと同じように死者を悼む気持ちからそうしたのである。そして，人の死を嘆き悲しむという単純で素直な気持ちになれたことに，彼は自己の救いに向けた一条の《希望の光》を見るのである。

　ところが，墓地に着いてみると，広大な敷地の中で話者はオーレリアの墓を見つけることができなかった。彼は最初その理由を，墓の正確な位置を知らないまま来てしまったから，と素直に考えるのだが，やがて，自身の身に染みついた濃厚な異教性がキリスト教徒として死んだオーレリアへ近づく妨げになっているのでは，という思いに捕らえられる。昔から馴染んできた異教的な考えが，ここにおいて，マイナス要因として意識され始めたことになる。それは彼がこの後，彼女の墓の場所を示す案内図を手に再び墓地へ行こうとして，しかし結局断念することにもあらわれている。

　　　わたしはキリスト教徒の墓の前にひざまずくのに値しないのだ。（Ⅱ部
　　2章）

　この自覚はⅡ部1章での「わたしはいつか彼女の唇にイエスという名がのぼるのを捉えたことがある」という回想に呼応して，それまで見られた宗教的迷いを一気に消し去る深さを持ってくるのである。自己の罪意識の一部をなしていた宗教的異端性とキリスト教との和解を図ることが，キリスト教徒として亡くなったオーレリアへの贖罪ともなるし，自身の救済にも繋がるとの考えに到るのである。

　このように，オーレリア追求は彼女の死を契機に宗教的な色合いを帯びてくるようになり，従って作品後半となるⅡ部の叙述は，話者のキリスト教との和解とそれによる自己救済の試みを語るものとなってくる。

　それと関連して，ここでもうひとつ触れておかねばならないテーマに《分身》の問題がある。このテーマはネルヴァルの他の作品でも見られるもので，『オーレリア』でもこの分身の登場がかなり頻繁なのである。

分身は既に I 部 3 章で出現していた。話者が幻覚に溺れて街中を徘徊し，夜間巡邏兵の手で保護された時，留置所で横にいた男である。衛兵たちが言うところによると，その男は話者を殴ったらしい。夜中に引き取りに来てくれた友人たちは，何と話者ではなくその男を連れ去ってしまう。あくまで幻覚の中でのことではあろうが，分身の最初の登場である 。

　話者の宗教的回心の予兆としても分身は I 部 9・10 章で繰り返し現れる。「わたしであってわたしの外にいる」（I 部 9 章）存在が，夢とも幻覚ともつかぬ情景の中に出現するのである。話者の見るところでは，ここでの分身は彼がこうありたいと願う理想の自分の姿をしていて，「オーレリアにとっては，それがわたし自身なのだ」（I 部 10 章）と，話者に取って代わってオーレリアの心を奪い取る存在になっている。また，留置所で話者を殴ったとあることからも，話者に敵対する者，あるいは話者を叱責する者として捉えられている。しかし，この段階ではまだ自己の宗教的異端性を罪意識の一部として自覚していないので，話者は自己の異教信仰を楯にとって分身に対抗しようとするのである。

　　　これが狂気の仮面をつけた逃れられない真実だとしたら（……）その
　　　時には，宿命的なその精霊と闘おう，神秘学の伝承と知識とを武器とし
　　　て，神そのものとでも闘おう。（I 部 9 章）

　夢か幻覚か，話者はこの分身がオーレリアと結婚する場面に遭遇する。そしてこの結婚を異教の魔術で妨げようとするのである。しかしオーレリアは悲鳴と共にキリスト教的地平へと逃げ去ってしまう。このことが話者をキリスト教との和解へ導くひとつのきっかけとなる。話者が信奉し生きてきた古代神話と秘教の世界をオーレリアが拒んだことで，彼女への接近がもはや，現実世界でもなく，異教的な死後の世界でもなく，話者がこれまでなおざりにしてきたキリスト教的世界において以外は不可能なことを思い知ったからである。

この分身は結果として話者に自身に欠如しているものを自覚させ，オーレリアの愛と許しを得るための《資格》を強く意識させることになる。これから進むべき方向を示す役割を果たしたのである。

　これまでいわばそっぽを向いてきたキリスト教世界でオーレリアに近づく資格を得るには，それなりの《入門儀礼》，《試錬》が必要だとの考えが話者にはあり，その結果，II部全体は話者がそれまでの宗教的異端性から清められ，キリスト教徒として純化されていくという錬金術的プロセスを語るものとなる。それは同時に，キリスト教的世界において話者が罪意識から解放され自己救済に向けて歩んでいくプロセスを語ることでもある。

B) 宗教的自己救済

　こうしてII部における語りはI部とは異なった様相で，すなわち，キリスト教的ヴィジョンのもとで機能し始める。このヴィジョンを成立させるものが，既に夢の「行為者・実験者」となっていた話者の夢への意志である。

　II部2章の夢には，たとえば「鏡に映るA＊＊＊（オーレリア）」が鏡から抜け出て話者に優しく手を差し伸べ，死後の世界での再会を約束するなど，オーレリアの許しと彼女がいるキリスト教世界での話者の救済の可能性を暗示するような情景があらわれてくる。

　この2章から3章にかけての夢は，全体として，オーレリアが待つキリスト教世界へ入って行くために話者が引き受けなければならない幾つかの《試錬》を伝えるものになっている。たとえば，森の中で「誰かがあそこでわたしを待っている」と思われる一軒の家を目指して茨の道を踏み迷う夢は，希望と苦悩とが混在するこの時期の話者の姿を象徴的にあらわしていると言えるだろう。それでも話者は手探りしながらではあるが明るい何かへの歩みを始めているのであり，彼にとってのそれは，キリスト教的な意味での《善き人》への道ということになる。そして，この歩みを確かなものとするのが《施し・慈善》という他者をいたわる気持ちのあらわれである。

　村のレストランで歌う大道芸人の女性にオーレリアの面影を認めて施しを

与えること，街中で喧嘩に出会ってその仲裁をしようとする行為，妄想のせいで喧嘩を売ってしまった郵便配達夫への憐憫，訪れた植物園での大雨が大洪水とならないように自分の指輪を水溜りの中に投げ入れ，皆を救おうとした行為。

　話者の妄想的な解釈によるものとはいえ，4・5章において急速に高まっていくこれらの慈善的な行為や感情が，遂には異教の女神イシスIsisの次のような言葉を引き出し，話者をその罪意識の桎梏から解き放とうとするのである。ここには，もはや，それまで話者の前で繰り返されていた《女神》の遁走はない。

　　「わたしは聖母マリアと同じ人であり，お前の母と同じ人であり，またお前の愛してきた人々と同一なのです。お前の試練のひとつひとつに対して，わたしはわたしの顔を蔽っていた仮面のひとつひとつを脱ぎ捨ててきました。やがて，お前にはわたしのあるがままの姿が見えることでしょう。」（II部5章）

　ここで見逃せないのは，話者が抱く女性神話の至高のイメージである女神イシスと聖母マリアが一体とされていることである。これにより，話者に染みついた異教性とオーレリアが位置するキリスト教世界との間の対立は和らぎ，両者の和合による新たな調和世界への期待が生まれることになる。実際，話者は自身のそれまでの内的葛藤をもこの新たな世界のための「試練」として意義あるものと捉え，常になく活気づくのである。

　　自分が聖なる入門儀礼の試練に服しているのだということを確信した時から，不屈の力がわたしの精神の内に入り込んできた。（……）自然界においては，すべてのものが新しい様相をとり，（……）小石の組み合わせ具合，隅石，壁のすき間，天窓などの形状，木の葉の模様，色彩，香り，音などからそれまで知らなかった調和が生まれ出るのを見たのだ。（II部6章）

話者はこの夢語りによって自らを新たな世界を描き出す《幻視者》へと高めていこうとするのである。ここにおいて，彼にとっての夢は「生を変容し，その最も深い価値を明らかにする」13）ものとして，深遠なヴィジョンが展開する場となり，ひとつの認識の場となっていく。それはつまり，「（ネルヴァルは）夢に発見の一方法を見ている。それは単に自分自身を知るためのものではなく，究極の現実を認識するための方法」14）になったということである。

夢を介して《見る》，という特異な方法論を自覚するのに合わせて，話者にとっての現実世界はいわば神の意志が封じ込められた解読すべき世界となり，彼の見る夢はその謎を解く鍵と見なされるようになる。夢は「不可視の世界」を開くものとして新たな意味を帯びてくるのである。そして話者は，こうした啓示性を秘めた夢によって世界の表面の意味と隠された意味を統合的に解釈しようとするのである。

夢というのは通常映像を伴うものであり，夢で《見た》情景を丹念に語ろうとする『オーレリア』はその意味で《視覚小説》15）と呼べるものになっているのだが，それでもⅡ部の語りには，情景に加えてその意味までも語ろうとする姿勢が強く出ている。先に触れたように，ここでの話者は夢に対して能動的に「行為者・実験者」となり，またそれによる《幻視者》となることを意図して，夢をもはや過去の回想のレベルでのみ捉えるのではなく，現在と未来に向けた意味を自身の分析と解釈によって夢の中に見出そうとする意志が明らかなのである。Ⅰ部ではほとんど見られず，Ⅱ部に到って著しく表面化する次のような説明的口調は，そのことを明瞭に物語っている。たとえば，「わたしにはそのことが次のことを意味するように思えた」（Ⅱ部3章），「わたしが説明したいことは……」（Ⅱ部4章），「わたしがまず考えたことは……」（Ⅱ部6章）。

Ⅱ部で語られる夢は，話者がそこに自己の希望となるものを現出させようとする意志に伴われて，夢特有のとりとめなさの中にも話者にとって救済に繋がる何らかの要素を含んだものとなる。少なくとも，話者の分析はその証（あかし）とも言えるものを捉えるのである。

わたしは母であり聖なる妻でもある永遠の女神イシスのことを想った。
すると，わたしの願いと祈りのすべてがこの魔術的な名前の中で融け合
い，わたしはその女神の内に甦るように感じたのだ。時にこの女神は古
代のウェヌス（ビーナス）の姿をとることもあり，またキリスト教徒た
ちの聖母マリアの面影となってわたしの前にあらわれることもあった。
夜ともなれば，わたしが深く愛するこの女神の出現は，よりはっきりと
捉えられるようになった。（Ⅱ部6章）

　たとえば『シルヴィ』においてその話者の愛が向かう対象は，作中で二重
の光を放つ星が象徴していたように，古代神話の神秘的な美しさを漂わせる
アドリエンヌと地上的な健康さで輝く田舎娘シルヴィに分裂していた。しか
し『オーレリア』における話者の愛は，今，「わたしの唯ひとつの恋」（Ⅱ部
6章）としてオーレリアの内に単一化され，そしてオーレリアは（自己の夢
によって招き寄せることができる）女神イシスに溶け込んでいく。女性に向
けた話者の愛と憧れをひとつに結晶させた女神イシス，その出現が象徴する
話者の分裂からの解放は，また，Ⅱ部6章の最終部に見られる分身と話者と
の和解によっても確かめることができる。

　既に見た通り，分身はⅠ部においては，話者にとってどちらかといえば敵
対する者という位置づけであった。分身とオーレリアの結婚はその究極の姿
であり，話者が彼女から愛と許しを得るには《資格》が欠如していることを
自覚させるものであった。Ⅱ部6章に見られる話者と分身との和解は，従っ
て，話者にこの《資格》が備わったことを意味する。それを可能にしたのは，
やはり《施し・慈善》の意識ということになる。話者は自分が入院している
病院で，食物を拒否し，見ることも，口をきくこともなく，また耳が聞こえ
る徴候もないひとりの患者に出会い，彼を「兄弟」と感じる。もっとも，こ
の患者すなわちこの分身は，以前に出現した分身のように話者に欠けている
ものを具えた理想の自己というのではなく，逆に，話者にとっては惨めな自
身の行く末を見せつけられるかのような分身である。とはいえ注目すべきは，

話者がその哀れな《自己》を嫌悪したり貶めたりするのではなく，「懺悔聴聞
僧」（Ⅱ部6章）のような気持ちで彼をいたわり介抱することである。この
《自分》でもあり《他人》でもある哀れな患者に対して慈悲の感情が湧き起
こり，その感情を介抱するという行為であらわせたということ，そこに話者
は分身との幸福な和合，すなわち惨めな自分でも許し受け入れることができ
るという喜びの境地を感じ取るのである。

　　　その時までは，自分自身の感覚，あるいは，精神的苦悩などという単
　　調な輪の中に打ち棄てられていたわたしは，（中略）彼の不幸とその見捨
　　てられた姿によって彼を愛しはじめ，この同情と憐憫の感情によって自
　　分自身が立ち直るような気がした。（Ⅱ部6章）

「これまでにはなかったはじめての甘美な夢」（Ⅱ部6章）が話者に訪れる
のはその夜のことである。サチュルニアン（Saturnien：土星びと）と呼ば
れる精霊があの患者の顔をしてあらわれ，「来たまえ，兄弟よ！」と話者を
誘い，頬笑む女神イシスの前に一緒に立つのである。自分が土星（Saturne）
の子であるという占星術的運命を信じていた話者ネルヴァルにとっては，自
身も精霊（患者）も同じサチュルニアン（土星びと）で区別はなく，ここで
も話者と分身との和解，融合の姿があらわれていると言えるだろう。
　以上見てきたように話者の宗教的救済は，罪意識の消失，統合の女神イシ
スの出現，分身との和解という3つの相において確認された。Ⅱ部の最後を
締めくくるこの甘美な夢で女神イシスが「お前の受けてきた試練はその終わ
りに来たのです」と話者に告げる言葉は，これに続く追記の章「記憶すべき
事柄」で高らかに謳われるキリスト教的勝利の様々なヴィジョンへと繋がっ
て，話者の自己救済の成就を伝えることになる。

おわりに

　『オーレリア』で語られる夢というのは単に話者の心象表現の場であるにとどまらず，《幻視者》としてのヴィジョンを伴った象徴的でもあり創造的でもある表現の場となっていた。と同時に，夢はその中に物語を進展させる決定的な出来事をすべて含み，全体として話者固有の論理に従って統合，配列されることで，重要な語り機能を担うものともなっていた。この夢と論理との稀有な結びつきによって，ひとつの夢は次の夢を誘い出し，前の夢を継承してあらわれる次の夢は意味的にそれだけ発展したものとなり，また厚みを増していくことになる。特にⅡ部後半の夢は，そこに話者が自己の贖罪と救済に向けた啓示を見出そうとする意志，あるいは，そこに話者の期待に応える啓示的な世界を展開しようとする意志が色濃くあらわれていて，作者ネルヴァルによっていわば創出された夢であるという言いかたもできそうである。『オーレリア』は夢語りの形を借りた半ばはネルヴァルの自己表白であり，半ばは彼が希求する調和世界の創造の試みなのである。

　最後に『オーレリア』における話者ネルヴァルの女性追求と自己救済との関係を整理しておきたい。

　この物語は幸福なことに話者の自己救済の成就を語って終わるのだが，彼の救済はもともとオーレリアを獲得するための《資格》の意識と表裏をなしていた。彼女から過去の自分の過ちについての許しを得て，さらに彼女から愛される自分になること，簡単に言えばそれが話者の願うところであり，そのための試行錯誤と苦しみであった。Ⅱ部に到って救済のテーマが前面に出てきて，オーレリア追求のテーマは少し奥に引っ込んだようにも見えるが，実際には両者は切り離せないものである。

　オーレリアが亡くなったことで彼女から許しを得ることも愛されることも現実世界では不可能になり，一旦は彼女が決定的に失われたかのように，自らも永遠に見捨てられたかのように絶望した話者ではあるが，彼女の信仰し

ていたキリスト教が説く死後の世界を受け入れることで，彼女は霊的存在として別な生を生きているという考えを抱くようになる。そして話者にとってこの霊的世界のオーレリアは，現実世界の様々な属性が消え，キリスト教が説く許し（贖罪）を身にまとった優しく慕わしい存在へと純化していくのである。話者の女性に対する願望の一切を担う女神イシスが同時にオーレリアであり，聖母マリアであり，さらには話者の母でさえあるというのは，話者にとってオーレリアがもはや現実的な欲望の対象としての異性ではなくなって，いわば話者を優しく包み込むような形でその思慕の念を受けとめる存在となったことを意味するのであろう。そして，オーレリアをそのように考えることができた時，話者は自身の救済をも実感できたのである。

　ところで，ネルヴァルが現実に愛した女優ジェニー・コロンが一座の男と結婚し，その後間もなくして亡くなり，以後は彼の作品の中に転移して「オーレリー」となり「オーレリア」となって理想化されていくのと同じように，作品『オーレリア』におけるオーレリアも話者の分身との結婚，死，キリスト教世界への後退という推移を辿り，やがて女神イシスとの神話的統合を遂げている。2つを整理すると以下のようになる。

〈現実のレベル〉：ジェニー・コロンの結婚／死／作中人物への転移
　　　　　　　　（オーレリー→オーレリア）／作品による神話化
〈『オーレリア』のレベル〉：オーレリアの（分身との）結婚／死／キリ
　　　　　スト教世界への後退／女神イシスへの神話的統合

　現実のネルヴァルにとっても，『オーレリア』の話者にとっても，愛の対象は先ず結婚によって失われ，死によって再度失われ，しかしやがて神話的な形での捉え直しがなされる。両者にほぼ共通するこの構造は，『オーレリア』に作者ネルヴァルの現実の恋の推移が反映されているということであり，あるいは，愛する女性へ向かう作者の姿勢をも伝えていると言えるだろう。

　たしかに，『オーレリア』は（A.ベガンの言うように）女神イシスの出現に

よって「勝利で終りを告げる物語」[16] となり得ている。しかし，話者が愛するすべての女性がひとつになった女神イシスの内にオーレリアを溶け込ませることは，見方によっては，生身のいわばそのままのオーレリアを消し去ることでもある。ネルヴァルの詩人としての魂はこうした錬金術的な操作にときめき，震えるのかも知れないが，個人としてのネルヴァルの心は果たしてどこまで現実の女性を愛せていたのか，心配になるところでもある。ネルヴァルという作家の偉大と悲惨がそこにあるのかもしれない。

（論文初出　1976年）

【注】

使用テキスト：Gérard de Nerval：*Œuvres Complètes tome I* (La Pléiade, Gallimard, 1966)

1 ）Albert Béguin: *L'âme romantique et le rêve* (José Corti, 1969) p.365
2 ）Jean Richer: *Expérience et Création* (Hachette, 1970)　p.462
3 ）P. G. Castex: *Aurélia* (S. E. D. E. S., 1971) p.111
4 ）Jean Giraudoux: *Littérature* (Gallimard, 1967) p.74
5 ）Gérard de Nerval: *Œuvres Complètes tome I* (La Pléiade, Gallimard, 1966) p.1104
6 ）Ibid. pp.910-911
7 ）Ibid. p.1102
8 ）Roger Mazelier: *Gérard de Nerval et les Cathares en Périgord*　(Europe, Avril 1972) p.53
9 ）A. Béguin: *L'âme romantique et le rêve*　(José Corti, 1969) p.364
10）Ibid.　p.360
11）J. Richer: *Expérience et Création*　(Hachette, 1970)　p.478
12）Ibid. p.419
13）A. Béguin: *Gérard de Nerval*　(José Corti, 1973) p.55
14）Ibid. p.64
15）Jean Guillaume: *Aurélia*　(Presses Universitaires de Namur, 1972)　p.32
16）A. Béguin: *L'âme romantique et le rêve*　(José Corti, 1969)　p.364

ジェラール・ド・ネルヴァル

『アンジェリック』の2つのテーマ
——「古書探索の迷路性」と「失われた母」——

はじめに

　ネルヴァルの『アンジェリック』 *Angélique* (1854) は小説，紀行，エッセイのいずれとも名づけようのない，いわばジャンルを超えた作品として不思議な魅力をもっている。この魅力は何よりもその表現手法，つまり，作品を通底するリズムとしての一種気ままな語り口によるところが大きい。そのくつろいだ雰囲気は，新聞の編集長に宛てた私的な12通の手紙という作品の体裁からくるところが大きいが，語られる内容から見ても，自らの執筆プランに不可欠な1冊の本の入手に苦労する様子を伝える《報告書的》部分や，アンジェリックという数奇な人生を送った女性の《手記》がそのまま紹介される部分，そして執筆テーマに係わりがある地域の探訪記事的な部分など，作者のその時々の関心に応じてそれぞれ趣の異なる文章で表現されていることもそうした気ままな印象を与えることになっている。
　だがこうした一見雑然とした組み立ては，それはそれで作品に独特の調子をもたらすものであり，またおそらく，何よりも作者ネルヴァルにとってジャンル上の制約に捉われない自由を感じさせるものであったろう。結果として，彼が語ろうとした当初のテーマ以上に自らの個人的なテーマが誘い出

され，それらを縦横に展開させることになるのである。

　このような語りの自在さは彼の他の作品にも，とりわけ　『東方紀行』
Voyage en Orient（1851）あるいは，『10月の夜』*Les Nuits d'octobre*
（1852）などにも窺われるのだが，これらの作品には『アンジェリック』　に
見られるような形態と内容との相乗的な結びつきはない。『アンジェリック』
では語られる内容が形態を導き出し，今度はその形態が内容を限りなく拡散
させていくといった相互の複雑な絡まり合いがあり，それがこの作品の魅力
の大きな要素となっているのである。

　しかし，『アンジェリック』で語られるその内容を検討しようとすると，
実際にはある種の戸惑いを覚えずにはいられない。後に詳しくみるように，
この作品は18世紀に生きたある神父の物語という触れ込みで始まろうとす
る。ただ，そのためにはこの神父の事績を伝える1冊の古書を参照すること
が必要であり，先ずはそれを手に入れようとする作者の苦労が語られること
になるのだが，意外にも，物語はこの書物が手に入ったところで唐突に終わ
る。結果的には，この書物を求めるプロセスそのものが，基本的にはこの物
語をなしていたことが分かる。逆説的に言えば，この作品の内容とは神父の
物語という語るべき内容の欠如それ自体，あるいは，物語の延々続く留保状
態なのである。先に触れた語りの自由さは，皮肉なことに，語るべき内容の
欠如から不可避的に生じた空白が持つ自由さだったということになる。『ア
ンジェリック』　に見られるこうした一種のねじれは，R.ジャン Raymond
Jean によればおよそ次のようになる。

　　この作品は，実際のところ，完成された物語というよりもむしろ，わ
　　れわれの眼の前で生成し，かつ解体しつつある物語である。今の言葉で
　　いえば，要するにこれはアンチ・レシ（反小説）なのだ……作品が明確
　　な《計画》によってではなく，逆にその計画の欠如によって，われわれ
　　の眼の前で組み立てられていく……その結果，われわれには作品の内容
　　は何ら重要性をもたぬように思える。重要なのは，ただその迂回のリズ

ムであり，一種の抽象的な運動である。それは同時に，探求であり，曲がりくねった彷徨であり，否定，調査，自己探究，ユーモア，パロディ，そして永久の躊躇であるような運動である。[1]

『アンジェリック』はその自在で気ままとも見える語り口から，一般には「軽い調子の，気紛れで，少し長ったらしい」[2] 作品と見なされている。しかしながら，その自在さの故に引き入れた多様なテーマのうちの幾つかに着目し，その連鎖を辿っていけば，やはり，ネルヴァル固有の憧れと苦しみに彩られた世界に行きつくことになる。

I

この作品は日刊紙「ル・ナシオナル」Le National 紙上に1850年10月から12月にかけて，26回にわたり同紙の編集長へ宛てた手紙という形式で連載された文章がもとになっている。短編集『火の娘たち』Les Filles du feu 刊行時の1854年に，その幾つかを取り出し，かなりの手を加えた上で『アンジェリック』という題目にまとめ，『火の娘たち』の1篇として収録したのである。新聞連載中の題目は，「塩密輸人たち；ビュコワ神父の物語」Les Faux-Saulniers, histoire de l'abbé de Bucquoy であった。ちなみに，この連載26回分がその後どう取り扱われたか，その内訳は次のようになっている。

①，②，⑥ 〜 ⑱ → 『アンジェリック』（『火の娘たち』）

⑲ 〜 ㉖ → 『ビュコワ神父の物語』Histoire de l'abbé de Bucquoy（『幻視者たち』Les Illuminés 1852）

他にも，これらの一部は『粋な放浪生活』La Bohème galante (1852) や『ローレライ』Lorely (1852) に収録されている。[3]

ところで，『アンジェリック』の成立に関して留意すべきは，この作品がネルヴァルの当初の意図から外れた形で出来上ってしまったという点だろ

う。当時，生活のためにジャーナリズムの仕事をなおざりにはできないネルヴァルにとっては，何としても新聞や雑誌に原稿を継続的に渡さねばならないという事情があった。このテクストの異文，つまり，「ル・ナシオナル」紙発表時のテクストの冒頭には次のような文章がある。

　　わたしはあなたに大胆な契約をしてしまったのではないかと懸念しています。ルイ14世の治世末期に生きたある奇妙な人物について事細かに伝えるというような約束をしてしまって……しかしながら，この約束が果たせるかどうかは，予測できない事情次第なのです。4)

　この「予測できない事情」というのは，主としてこの「奇妙な人物」，すなわちビュコワ神父 abbé de Bucquoy を語る上で必要な古書が手に入るかどうかということを指している。とにかくこの連載物は，「今度のとりとめもない翻案読物」（第1の手紙）という形で，この古書をもとにした18世紀に実在の人物の物語になる予定で始まったのである。しかし，連載を続けていくために絶対必要なこの古書を探し求めているうちに，問題のビュコワ神父の大伯母にあたるアンジェリック Angélique という女性の手記を発見し，作者はそこに書かれた彼女の数奇な人生に魅了されてしまう。
　そのため，『アンジェリック』という作品名が示すように，彼女の人生をその手記の引用とともに語っていく部分が作品のいわばハイライトになってしまう。本来なら，先ず古書の探索を語りそしてそれを手に入れた上でビュコワ神父について語る，となるはずだったのだが，実際には前に述べた通り『アンジェリック』は求めていた古書が手に入り，いよいよビュコワ神父について語り始めることができるようになったまさにその瞬間に終わってしまう。ビュコワ神父がどのような人物だったのか，具体的なことはまったく知らされないままである。つまり，『アンジェリック』は《ビュコワ神父の物語》にとっては異常に長い序曲でしかない。
　ネルヴァルによく見られるこうした不整合は，ひとつには，同一の作品を

焼き直して別な形で再発表するといったやり方と同じく，「分量的な必要」[5]
に迫られた結果だったと考えられる。生計のためにできるだけ多くの文章を
書き，また，後でそれらの文章を使ってできるだけ多くの作品を仕上げる必
要があったということである。以前に父親へ宛てた手紙にあるように，彼の
詩人意識からすれば「小説や新聞などの不毛ではあるが手軽なために心惹か
れてしまう仕事」[6]に対しては，詩や戯曲に対する時ほど完成度を求める気
持ちが強くなかったのであろうか。

　ただ，別な見方ができなくもない。明らかな破綻とも見えるこの構成は，
作者がアンジェリックの手記にそれだけ関心を持ち，全体としての調和を乱
してでも彼女のことを語ろうとした結果だとも考えられるのである。たしか
に作品冒頭で読者に期待を持たせた《ビュコワ神父の物語》は遂に始まらな
いままで終わるものの，その名が作品名ともなっている《アンジェリックの
物語》は少なくとも彼女の死まできちんと語られていて，その点では完結し
ているからである。

　分量からすればアンジェリックの物語は，作者が彼女の手記にはじめて言
及する「第4の手紙」から始まりその死を語る「第9の手紙」までで，作品
全体12の手紙のうちの半分に過ぎない。それでも当初の執筆プランに狂いと
も言える変更をもたらすだけの分量であり，単に原稿料稼ぎのための埋め草
というよりは，作者にそれ相応の思い入れがあって語っていると思わせるも
のである。

　『アンジェリック』の構成にある歪み，あるいはぎこちなさには幾つかの
理由が考えられるのだが，そのひとつとして作者を取り巻く厄介な社会環境
がある。執筆当時，新聞に架空の物語，つまり《新聞小説》を掲載すること
を禁じた「リアンセイの新聞法改正案」[7]というものが存在し，その制約に
よって掲載内容には「確実な歴史的実在性」（第2の手紙）を与える必要が
あった。つまり実話以外には書けなかった。自然，アンジェリックの物語も
彼女自身が書き残した手記そのままの引用や，手記内容を要約した文章など
を主にして作り上げる必要があり，叙述が窮屈になるのは仕方のないことで

あった。ただ，アンジェリックについて語る際には手記という歴史資料の裏付けがあるので，その点ではかなり安心できただろう。アンジェリックの物語が作品で大きく扱われたのには，その辺の事情もあったかも知れない。

　また作者自身の事情に目を向けると，後で改めて触れるように，彼がアンジェリックという女性に亡き母，あるいは彼の心理に即して言えば《失われた母》の面影を感じ取ったために彼女を特別扱いした可能性がある（彼の詩作品から窺えるように，ネルヴァルには母は単に死んだのではなく《父》によって，さらには《運命》によって奪い去られたのだという意識が濃厚にあった）。

　母に限らず，自分を置いて去っていく《失われた女》というモチーフはネルヴァルの女性観，いわゆる《女性神話》の基礎をなす最も重要な要素であり，他の様々なテーマと絡み合いながら錯綜したネルヴァル的世界を構成している。『アンジェリック』においては，母との幾つかの類似性からアンジェリックは《失われた女》というより《失われた母》を思わせる女性となり，作者のアンジェリックを語る姿勢に微妙な優しさを生んでいるようである。この点に注目すれば，アンジェリックの物語は，アンジェリックという人物の姿を通してネルヴァルが《失われた母》を見つけ出し，その生き方に思いを馳せようとした，そうした個人的な意図を秘めたものだった可能性がある。アンジェリックについて余りに多く語るのは作品本来の方向性からすれば《歪み》になると分かってはいたろうが，母を追想するという意図にとっては仕方のない《歪み》であり，無視できたのであろう。『アンジェリック』という作品の作者にとっての意味は，《失われた母》を甦らせることにあったかと思われる。

　とはいえ，作品にはこのアンジェリックの物語を囲い込むようにして他にも多様なテーマの集積がある。そのため『アンジェリック』は表面的には非常に複雑な様相を呈しているように見えるが，N.リンスラーNorma Rinslerが言うように，内奥のプロットの面から見れば「その動きが中断されたり，ムードも多くの脱線によって断ち切られたりはするが，物語は事件の直線的

な展開」[8] の内に進行している。時間と空間を異にする様々な話題が詰め込まれてはいても，それらは結局のところ，作者の中では自らの課題という1本の道の上で起こったことなのだ。作者の内奥に潜むオプセッションが幾つかのテーマの下に離合集散を繰り返しているだけのことである。

　ちなみにJ.リシェ Jean Richer はこの作品の雑多なテーマを書誌学風に次の6つに分類している。[9] 参考までに挙げてみると……

　1）図書館，愛書狂，愛書趣味
　2）フランスの過去，とりわけフランス国民の起源，17・18世紀，伝説と
　　　民謡
　3）アンジェリック・ド・ロングヴァル，彼女のロマネスクな生涯
　4）アンジェリックの故郷，即ちコンピエーニュ，サンリスなどを含む地域
　これらに，副次的なモチーフとして次の2つが付け加わる。
　5）イタリアとオーストリア，メディチ家とエステ家
　6）J.-J. ルソーの想い出

たしかに，これらが表面上語られるテーマであることに間違いはない。しかし作者ネルヴァルのオプセッションに照らして『アンジェリック』の成立を考える時，これらのテーマの背後にさらに別のテーマを見出すこともまた間違いではないだろう。たとえば《古書探索の迷路性》とか《失われた母》といった，作者のオプセションと直接に繋がるような形でのテーマである。

II

　これら作者内奥のテーマを扱うに先立って，『アンジェリック』の語りの形態について少し触れておこう。

　到るところにみられる筋の中断，脱線，迂回，後戻りなどによって，物語は大筋では「直線的」[10] だとしても，細部においてはやはり一種のジグザグ状の軌跡を描いている。このような軌跡に対応した語り口にはあるひとつの

話題を続けることへの逡巡，そして突然の転換，はぐらかしなどが出てきて，全体として不安定，不統一な印象になっている。

　こうなったのには，ネルヴァル自身が「第12の手紙」でそれとなく匂わせているようにディドロ Diderot やスターン Sterne といった作家たちの影響もあるのだろうが，究極のところは，ビュコワ神父に関する例の古書がなかなか手に入らず，主題となる内容が欠如した状態で書き続けなければならなかったことが大きいだろう。結果として，「ある書物を求めての巡礼」11) を物語らざるを得なくなっているのだ。

　また，先の「リアンセイの新聞法改正案」による《拘束》に強く支配されていることも見落すことはできない。文中に窺われる《事実》への過剰なこだわりやそこから来るある種のぎこちなさは，明らかにこの法案の《事実》しか掲載してはならないという《拘束》を意識したものだからである。作者には最初からこの連載物が大胆すぎる試みではないかという不安があった。その不安が，違反と見なされた場合に課せられる処罰の重さ，罰金の大きさを考えた時，一層，作者の筆の動きからなめらかさを奪うことになっていたのである。

　　　しかしわたしは，新しい法令条文へのほんの少しの違反に対してもやがて新聞に降りかかってくる処罰に，今になって怯えはじめたのだ。（第1の手紙）（下線は筆者）

このため，古書を探したりビュコワ神父に関係する周辺の事柄を調べたりしていても，どこか息苦しさや無力感に襲われることにもなる。

　　　しかし，このような下調べをして一体何になるというのだろう？　わたしに許されていることといえば，ただフロワサールやモンストルレの流儀で事実を登場させることだけではないのか？（第2の手紙）（下線は筆者）

「非難の余地のない材料に基づいて」（第1の手紙）「歴史的実在性」を有することだけしか書き続けることが許されない状況では，ある出来事を語るに当たっても，作者が自身の考察や意見，感想などをその《事実》に付け加えようとすると，その時点で《事実》逸脱の不安が脳裏をよぎることになる。それ以上先へ進むには勇気が必要になるのだ。こうした危機意識からすれば語りに見られる逡巡，話題の転換も避けようのないことであり，こうなれば作品で一貫して語れるものはというと，今や例の古書探索の推移状況以外に残されたものはなくなってくる。

A）古書探索の迷路性

　この作品のもとになった連載記事は，掲載紙の編集長によって「ビュコワ神父を求めてのユーモラスな巡礼，リアンセイの新聞法改正案から湧き出たこの捕らえがたい小蝿」（第10の手紙）と評されたように，幾分軽い読物と受けとめられていたようである。ただ，連載記事から独立する形で出来上がった『アンジェリック』については，これとは違った受けとめ方ができるのではないかと思える。

　主題となるべきビュコワ神父その人が登場することは遂になく，代わりに主題的な役割を演じている問題の古書も，行く先々で作者の手をすり抜け，いわば姿の見えない主人公となっていた。最終的には古書競売市でようやくこの書物を手に入れることになるが，これを入手した時点で物語が終わってしまうことを考慮すると，物語はまさにこの絶望的とも思える古書探索のプロセスの内にのみ成り立っていたことになる。結果として，求める古書をなかなか手にすることができないというそのこと自体が物語の主題となっていたのである。

　落胆が連続するこの不毛な探索を先の「ユーモラスな巡礼」という表現で受けとめることもできなくはないだろうが，作者の心理からすれば，古書入手のための様々な試みが次々と挫折して一向に出口が見えないという，ユーモラスというよりむしろ悪夢にも似た迷路行なのである。古書への道，ひい

てはビュコワ神父へ到達する道を開くはずの図書館や古書店，愛書家，さらには古書の競売市なども，逆に，この探索者の期待を裏切ったり，拒否したり，期日を先送りするなど，作者に困惑と焦りをもたらすだけで，皮肉にも，前進を阻む壁になってしまうのである。

　この古書探索のプロセスをもう少し詳しく見てみよう。

　作者はドイツの都市フランクフルトに旅した時，ある古書店で偶然，ビュコワ神父の人物像や伝記を書くのに必要だった古書を目にするが，値段の高さとフランスでも見つかるだろうという思いから，結局これを購入しなかった。その本が「フランスにあると確信」（第1の手紙）し，「どこかの公共図書館か愛書家の家か，あるいは特殊な書店で簡単に手にすることができる」（同）と考えたのである。しかしこの楽観的な見通しに反して，パリに戻って訪れた複数の図書館，古書店のいずれでも作者は本を手にできない。

　始まりは国立図書館である。図書管理人ピロン，ラヴネル（もう一人のネルヴァルだろうか？綴り字のうちにネルヴァルを含んでいる。Ravenel→Nerval）[12]，そしてもうひとり別の下級職員にも相談するのだが，その古書は自分の専門外であると拒否されたり，2週間も待つよう求められたり，紛らわしい別の書物を出されたりする。次のマザリーヌ図書館，ここでも2〜3日待つように言われる。アルスナル図書館は休館中であった（この図書館に最後まで足を運ばなかったのには，後述するように別な理由もあった）。

　フランス古書店，メルラン古書店（ここでは「あります」と言って出された本が別人のビュクロワに関するもので，ぬか喜びに終わる），テシュネル古書店、いずれにも目指す本はない。聖職者を顧客にしているある書店主からは，たとえ店にあったとしても売るつもりはない，と拒絶される。無神論者「ヴォルテールの息子」（第12の手紙）と見なされて，頭から相手にされないのである。

　では愛書家はどうか。探索者にとっての愛書家とは，「自分の所有する書物のことを人に知らせたりは決してしない」（第12の手紙）人種であり，やはり頼りとすることができなかった。

この巡礼はこうして様々な形の拒否に彩られていく。話者の焦燥をよそに，未到達の状態が引き延ばされていくだけである。

探し求める書物へ通じるもう一方の道，古書競売市の日取りも，当初予想していた11月10日から20日へ，さらに話者の知らないうちに30日にまで延期となる。つまり，最後の頼みである競売市も彼の執筆プランからすれば時間的に遅すぎるし，その上新たに金銭的な悩みが加わってくることになる。

　　今からその時まで一体どうすればよいのだろう？―それに，今となっては，その本はおそらく法外な値段にまでせり上ることだろう……（第3の手紙）

ようやく30日になって行なわれたその競売で，最後まで作者と古書を競り合った男は実は国立図書館から派遣された係員であった。さり気なく明かされるこの事実は，それまでの，本来なら古書への《案内者》となるはずの図書館が皮肉にも作者を古書から遠ざける《妨害者》のようになってしまっていたそれまでの《事実》を象徴するかのようで興味深い。

一方，探索を困難にした別な原因もある。犯罪者として道を踏み外し，投獄されたバスチーユ監獄から逃亡したと伝わるビュコワ神父が，古書探索の過程で次第にその姿があやふやになってくるところがあるのである。国立図書館で間違って出された本は別人のビュコワなる人物が存在していたことを伝えるものであり，メルラン古書店で出された本にあるビュコワは当の神父の祖先のひとりだった。こうした幻影のようなビュコワたちが次々とあらわれ，作者を困惑させるのである。

これに加えて，探索をさらにややこしくする要素がある。掲載紙の編集長が送ってくれた関係古書市の売り立て目録は，（作者のよく読めない）フランドル語の文字が連なっている。しかも，この競売は作者の期待よりもずっと先の話であり，国外で催されることになっていた。そして，既にそれまで5通りも出てきていた《ビュコワ》の綴りに，この目録ではさらに別の綴り

が記されていて，ビュコワ神父の本当の綴りがどれなのかさえ曖昧になって
くるのである。

de Bucquoy, du Bucquoy, Dubucquoy
de Buquoy, de Bucquoi, de Busquoy

　ここで再び，先の編集長の評言に戻ろう。「リアンセイの新聞法改正案か
ら湧き出たこの捕らえがたい小蝿」という表現だが，これには法案をすり抜
けようと知恵を絞る作者の「ユーモア味溢れる闘い」[13] を称え応援するニュ
アンスが認められる。それはそれで作者にとって有り難い受け取り方であっ
たろうが，内心はというと，実はそれほどの余裕はなかったというのが真実
であったろう。
　ビュコワ神父について書くという予告広告まで出していながら，目的の書
物が手に入らないまま，まさに手に入らないというそのことについての原稿
を延々渡し続けねばならないという焦り，そして，ビュコワ神父について書
けたとしても今度はその記事が法案に抵触しはしないかという不安，それら
がこの引き延ばされた時間のうちに醸成されていく。作者の古書探索はこの
焦りと不安，そして次々と出現する障碍を前にした困惑とによって，まさに
迷路をさまようかのようである。図書館職員，古書店主，その古書を所有し
ているかも知れぬ愛書家たちはいずれも作者を迷わせる偽りの標識でしかな
かった。
　こうして見ると，古書探索はネルヴァルに親しいあの《彷徨のテーマ》と
重なり合ってくる。なぜなら，ネルヴァルにおける彷徨とは常に何かを求め
ながらも行き先が見えず，また着いたとしても既に手遅れであるような種類
の彷徨だからである。それにしても，なぜネルヴァルにあっては常に《迷路》
なのか。このことを考える時，J.-P.リシャール Jean-Pierre Richard の『詩と
深み』 Poésie et profondeur における次のような指摘は極めて示唆的であろ
う。「迷路というオプセッションはネルヴァルの経験のあらゆる層に見出さ

れる。常にそれは所有することの不安感，接触による心の動揺を示すものである。幸福であろうとするなら遠く離れていよう。これが長い間，ネルヴァルの恋愛戦術の鉄則だったのである。」[14]

　これをたとえば，『シルヴィ』 Sylvie (1854) で次のように語られるよく知られた言葉と比べてみればどうだろうか。

　　　近くで見れば生身の女性はわれわれの純な心を裏切るのだった。女性は女王か女神のように見えなければならなかった。とりわけ，近くに寄ってはならない存在だったのだ。[15]（『シルヴィ』 I 章）

　J.-P.リシャールがこの部分を踏まえていることがはっきり分かる。たしかにネルヴァルにあっては多くの場合，近づくことがタブーであるような存在，あるいは不可侵性を感じさせるような存在が憧れの対象となり，そうした対象への接近や獲得を求める心とそれを押しとどめる心とが葛藤して，彼をいわばどっちつかずの状態の中で迷わせることになっている。求める対象との縮まることのない距離，希望と落胆の繰り返し，それらを象徴するものとして堂々巡りの《迷路》があり，これはネルヴァルにあってはほとんど定型化した構造と言える。

　従って，求める古書の探索があたかも迷路の中をさまよう様相を呈しても，それは形の上ではネルヴァル馴染みの世界であり，目指す古書への接近を果たせないこの宙吊りにされた時間と空間は，そこに本題とは一見関係なさそうな幾つもの話題が詰め込まれることで，結果として歪んだモザイク模様のようなネルヴァル特有の「魔術的空間」[16] を生みだすことになる。

　後年の『オーレリア』 Aurélia (1855) に典型的に見られるように，ネルヴァルの作品にはもともと聖杯探求的な意識構造が定型のようにしてあらわれていた。この《聖杯》とは多くの場合，美化され神話化されることによって，あるいは死によって到達不可能な対象となった女性という形を取る。そして，これがネルヴァルに特有のオプセッションとも言えるのだが，この

《聖杯》に備わった聖性を前にして今度は探求者が自身の探求者としての資格に疑いを抱くことになり，憧れと自虐の谷間で懊悩することになるのである。

　こうしてみると，『アンジェリック』の古書探索は求める対象こそ異なるもののやはりネルヴァル的聖杯探求の線上にあることが分かる。探し求める《聖杯》が『アンジェリック』ではビュコワ神父に関する古書になり，延々続く未到達の状態から生まれる作者の苦しみのもとは，この場合，確たる見通しが得られぬままそれでも埋め続けねばならない原稿用紙の空白となる。かくして『アンジェリック』には，迷路行のような古書探索を記した文章とともに，相互にそれほどの関連性も必然性もないような様々なエピソードがあらわれることとなる。それらはたとえば作者が訪れる土地（ビュコワ神父に関係したりしなかったりする）の歴史や俗謡の紹介であったり，旅行中の出来事，また古文書類を漁る中から拾い上げた幾つかのエピソードなどであり，その中にあの比較的長いアンジェリックの手記紹介も含まれるのである。

　ところで，対象への接近を阻む心理的忌避のひとつのあらわれとして，前に触れたアルスナル図書館に結局古書を探しに行かなかったという事実を取り上げてみたい。そこに行けば求めるものを見出せる可能性があるのに，作者はなぜか足を運ばないままだった。たしかに図書館はこの時休館中であったのだが，図書管理人を個人的に知っていた作者であれば頼んで便宜を図って貰うことはできたのである。

　　わたしは行こうとしていたのだが，ある恐ろしい考えが私を引きとめた。ずっと以前に聞いた異様な物語を思い出したのだ。（……）そして，このわたしは今やあの同じ呼び鈴を鳴らそうとしている。わたしに扉を開けてくれるのがその幽霊ではないと誰に分かるだろう？　それにこの図書館はわたしにとっては悲しい思い出に満ちている。わたしはそこの図書管理人を３人知っていたのだが……いや，わたしにはアルスナルへもう一度戻っていく決心がそう簡単にはつきそうもない。（第３の手紙）

34

　作者の足を押しとどめた「異様な物語」というのは，訪ねようとしている図書管理人の前任者が亡くなった後に幽霊となり，呼び鈴の音とともに夜々出没したという話である。古書の必要性を考えればたわいもない理由のように思えるが，他にも「悲しい思い出」とあるように，アルスナル図書館は彼の狂気の発作という暗い思い出に結びついた場所でもあったのである。

　こうしたことから結局，作者はアルスナル図書館を避けて，何軒かの古書店訪問へと迂回してしまう。《聖杯》へ通じる道は同時に試練の道であり，図書館も例外ではないということである。そして，ネルヴァルにおいてはほとんど常にそうなのだが，《聖杯》に辿り着きそうになるその1歩手前で外部にあるいは内心に何らかの障碍が出現し，そして彼はその試練を回避してしまうのである。その結果はというと，G.シェフェール Gérald Schaeffer が言うように，作者にとっての図書館は「狂気と死の寺院」となり，図書管理人たちは作者を地獄へ運ぶ冥界の川の渡し守カロン，また「神秘の書物を隠し持つ者たち」にしか見えなくなってしまうのである。[17]

　ともあれ，本来語るべき内容の欠如という『アンジェリック』の奇妙な構造は，図らずも《古書探索の迷路性》という形でネルヴァル固有のオプセッションを引き出すことになった。彼のもうひとつのオプセッションと言える《失われた母》のテーマも，アンジェリックの物語というやはりこの主題の欠如を埋めるエピソードの中からあらわれてくるのである。

B）失われた母

　フランス古文書館でビュコワ神父の一族について調べていた時，作者は偶然，神父の父方の大伯母であるアンジェリック・ド・ロングヴァルが書き残した手記を見つける。発見した手記は，当初の新聞掲載時には，「魅力的な恋物語」と紹介されていた。[18] しかし，この評言は作品『アンジェリック』では削られ，「極めて喜ばしい発見をした」（第4の手紙）と発見の事実だけを伝える文章に改められる。彼女の名を作品名とする『アンジェリック』では，当然のことながら彼女の手記の重みも，手記に対する作者の思いも新聞

掲載時とは異なっていて，彼女の生涯を単に「恋物語」という枠で括ること
をためらわせたのだろうと思われる。

　アンジェリックの手記の紹介は，他のたとえば古い警察調書の中から見つ
け出され同じように紹介される遺産相続絡みの殺人事件，「ル・ピルール事
件」などとは重要度が異なる。挿話のひとつというより，古書探索と並ぶ実
質上の主題のひとつとなっているのである。そして実際，作品は古書探索の
ストーリーとこのアンジェリックに係わるストーリーとに分かれていく。別
な言い方をするなら，作者の《探索》の対象に《古書》と並んで《アンジェ
リック》もしくは彼女の中にいる作者の《母》が付け加わったということで
ある。

　以後，アンジェリックの物語は作者ネルヴァルの夢想を取り込んだ個人的
な物語という側面を見せ始める。この夢想とは言うまでもなくアンジェリッ
クの内に認められる自身の母のイメージを追うことであり，従ってここでの
アンジェリックは手記が伝えるいわば素顔のアンジェリックであるととも
に，作者が思い描く亡き母のイメージや，さらには理想の妻のイメージにも
応える女性として登場することになる。

　先ずは《母》である。ネルヴァルの母は生まれて間もない彼を乳母に預け，
ナポレオン軍の軍医であった夫に付いて戦場を巡っていた。そして25歳とい
う若さでポーランドのシレジアで病没している。その時ネルヴァルは僅か2
歳で，母の顔を全く記憶していなかった。このことは彼の女性神話の形成を
考える上でかなり重要である。憧れの女性像を思い描くに当たって容貌は無
視できない要素となるはずであるが，彼の場合母のイメージに支配されるこ
とがなかった分，そこにはある意味あらゆる相貌が自由に流れ込むことにな
るからである。彼の女性神話の多重性を説明するひとつの理由になるのかも
しれない。

　　わたしは母を見たことはない。彼女の肖像画は失われてしまったか，
　　あるいは盗まれてしまったのだ。わたしは母がプリュドンかフラゴナー

ルの原画による「謙譲」という題の当時の版画に似ていた，ということ
を知っているだけである。（……）そういう時期にはいつも，わたしは自
分の幼年期を包んでいた喪と悲嘆のイメージで傷ついた心を感じるの
だった。（……）そこには一人の詩人をつくり出すに足るものがあった。
けれども今，わたしは散文を書くひとりの夢想家に過ぎないのだ。[19]
（『散策と回想』4章）（下線部筆者）

　下線部「そういう時期」とはネルヴァルが狂気に捉われた時期，「そこに
は」とは幼年時代の様々な思い出を指している。ともあれ，具体的な思い出
もなくまた顔もわからないままの母とは，彼にとってある心理的深淵，様々
の女性を吸引するひとつの磁場のようなものとなった。作品の中に現れる女
性は多少ともこの白抜きされて顔がない母の姿の空隙を埋めるものになって
いる。ネルヴァルはJ.リシェの言うように，自らの創造行為によって，いわ
ば「全生涯を通じて母の喪に服した」[20]のである。
　彼がアンジェリックに惹かれたのも，彼女が母と同じように軍人の夫に付
いて《戦場を巡る女》であったからであろう。再びJ.リシェによれば，「第8
の手紙」で作者が戦場で男たちと共に闘った古代の女たちのことやフランク
族の女たちの好戦性を語るのは，彼が母を《戦場を巡る女》のイメージに結
びつけているがために，同じ《戦場を巡る女》であるアンジェリックの行動
をそうした健気で気丈な女たちの歴史の中に置こうとしたのだということに
なる。[21]「不幸な戦争のために，ある時はここへ，またある時はかしこへと
引き廻される」（第8の手紙）アンジェリックの生活に，母もまたこうで
あったか，と思いを巡らすことがあったのかも知れない。また，アンジェ
リックが母の故郷ヴァロワ近くの城館の娘であったこと，[22]そしてネルヴァ
ル自身の「歴史上の分身・精神的な兄弟」[23]とも見なされる問題のビュコワ
神父の大伯母であったことなども，アンジェリックへの親しみや特別な思い
の理由になったと思われる。
　さらに，アンジェリックには《馬上の美女》という，ネルヴァルの心を捉

える女性のイメージのひとつが見いだせる。たとえば『シルヴィ』の中で描かれる，馬に乗り「金髪をなびかせて，昔の女王のように森をよぎっていく」[24] 女優オーレリーのように，また『オーレリア』で語られる，白い馬に乗って現れる憧れの女神イシスのように，アンジェリックも馬に乗って恋人と駆け落ちし，異国の様々な土地を巡る。《馬上の美女》のイメージを備えていると言えるだろう。

　そして《馬》ということで言えば，これも実は母親そしてネルヴァル自身と無関係ではない。

　もともと《馬》そのものはネルヴァルにおいてそれ程重要なテーマではないのだが，彼の作品にはしばしば登場していて，F.コンスタン François Constans はとりわけ後期作品においてそれが《騎士》のイメージと結びつくことを指摘したりもしている。[25] しかしここでは，『散策と回想』の4章で語られる森に逃げた馬の話を問題にしたい。

　ネルヴァルの祖父に当たる人が若い頃に，うっかり森の中で飼い馬を一頭逃がしてしまった。そのことで父親に激しく叱責されたせいか彼はすぐに家出をし，伯父のひとりを頼ってその家で暮らすことになる。そして彼にとっては従妹であるそこの娘と結婚した。2人の間に生まれた長女がネルヴァルの母であり，長じての彼女の結婚，そしてネルヴァルの誕生へと繋がることになる。ネルヴァルは母の人生さらには自分の人生は，祖父がその父に反抗して家出したこと（偶然の暗合だがアンジェリックも同様に厳格な父に逆らって家を出た），そしてその発端となった1頭の馬が逃げたことに始まりがあるという捉え方をする。事実そうには違いないのだが，彼の場合「わたしがこうしてこの世に生まれ，生きているのは，ほとんどそのことだけが理由となっている。ホフマンが言う《物事のつながり》というものを信じるなら，そうなのだ」[26]，と偶然の連鎖をほとんど運命的なものとして必然視する傾向が強く，こうした論理は彼の固定観念のようになっている。ともあれ，《馬》はネルヴァルの母とも彼自身とも係わりを持ち，その始原に位置するものとして受けとめられているということである。

さて，ネルヴァルがアンジェリックの中に《失われた母》の面影を探すところがあったとして，では『アンジェリック』以外の作品でアンジェリックと同じように彼の母への思慕に対応している女性がいるかというと，たとえば『シルヴィ』に登場するアドリエンヌがそうであろうか。息子が母を想う気持ちがそうであるように，美しいアドリエンヌに向けた話者の《恋心》は異性に対する現実的な欲望の色が薄く，むしろ永遠の憧れと言えるようなものだからである。

　作中で話者がアドリエンヌに会うのは2度だけである。最初はまだ少年の頃，村の子どもたちと一緒に踊っていた輪の中にひときわ美しい少女アドリエンヌがいた。彼女は昔のフランス王家の血を引く名家の娘で，その日は祭りということで特別に村の子どもたちの遊びに加わることが許されていたのだった。古いロマンスを歌う彼女の声に魅了された話者は，月桂樹で冠をこしらえ彼女の頭にのせる。話者が語る月の光を浴びたアドリエンヌはまさに神話の世界か中世騎士物語の世界の人である。やがて彼女は走って城館の中へ帰って行き，その後，尼僧として修道院で一生を送ることになる。

　2度目の出会いは話者が既に成人になった頃で，地方の名士たちの集まりで上演された宗教劇にその修道院からも尼僧たちが出演していて，話者はその中にアドリエンヌがいるのに気づくのである。彼女は天使のように頭に光輪を持つ精霊の姿であらわれたのだった。

　2人の出会いはそれだけで，物語の最後，話者はアドリエンヌが修道院で若くして亡くなったことを知る。手の届かぬ高貴な女性というイメージのアドリエンヌであるが，同時に清らかで聖なる女性として話者の心の中で静かに光を放っているイメージがあり，また若くして亡くなることをも合わせ，どこかネルヴァルにとっての母なるものを感じさせる。少なくとも，アドリエンヌの人物像を造形する際に（『シルヴィ』執筆は1853年），アンジェリックの人物像（新聞掲載は1850年）を思い起こすことがあったのではないかと思われる。両者には重なるところが見受けられるのである。

　アンジェリックはイル＝ド＝フランス地方ピカルディの名門ダロークール

伯爵の娘として生まれ，サン＝リモーの城館に住んでいた。アドリエンヌも名門の娘として城館に住んでいる設定である。また，アンジェリックが父親の厳格さから社交界にも出して貰えず，想いを寄せ合った従臣の若者はおそらくは父親の命で何者かに殺され，その後彼女に恋した２人の男も彼女を張り合う中で１人は死に，もう１人は逃亡，最終的に彼女は出入り商人の若者ラ・コルビニエールと父親の目を盗んで恋仲となり，遂には城館を密かに脱け出して駆け落ちすることになる。一方，アドリエンヌについてはそうした恋愛模様が語られることはないが，彼女が村祭りの夜に子どもたちの輪の中で歌ったとされるのは，「許されぬ恋のせいで父親から塔に幽閉された姫の不幸な身の上」（『シルヴィ』２章）を物語る古歌であり，その内容は厳格な父親の拘束下にあったアンジェリックの身の上とどこか通じるものがある。そしてアドリエンヌ自身も，家族によって色恋の喜びとは無縁な修道院に入れられるのである。また，この歌がネルヴァルの母の生地でありアンジェリックの生地でもあるイル＝ド＝フランス地方に古くから伝わる歌であることからも，アドリエンヌとアンジェリックの連関を感じ取ることができるだろう。

　ここまでアンジェリックの中にあるネルヴァルにとっての母的な要素を見てきたが，前にも述べたように，女性に対する願望が集約された彼のいわゆる女性神話においては，そしてその象徴とも言える女神イシスの中には，母の他にも理想の恋人や理想の妻，さらにはキリスト教への回帰が見られる彼の晩年には聖母マリアなどの観念も溶け込んでいる。

　　　「わたしは聖母マリアと同じ人であり，お前の母と同じ人であり，またお前が愛してきた人々と同一なのです。」（『オーレリア』Ⅱ部５章）[27]

　こうした重層的な意味を帯びた女神イシスではあるが，「母であり聖なる妻でもある永遠の女神イシス」（『オーレリア』Ⅱ部６章）[28] という別な表現から窺えるように，中心にあるのは理想形としての母と妻であり，作中の女

性たちはこうした母系統の女性と妻系統の女性に大きく分かれることになる。そしてネルヴァルは，アンジェリックについては母系統の女性としてだけでなく，妻系統の女性としても自身の願望を体現させようとしているところがある。具体的にはアンジェリックの美化という形であらわれてくる。

作者はアンジェリックの手記と関連資料を基に「あまり仕上げしたりせずに」（第4の手紙）彼女の生涯を語ると言っているが，アンジェリックの人柄を伝える上でどこまで手記内容に忠実であるかについては曖昧なところがある。作者は1834年の「回顧誌」Revue rétrospectiveに掲載されていた彼女の手記に，わずか一日眼を通しただけという指摘もある。[29] もしそうであれば，主要な箇所は手記からの転記で《事実》そのままだとしても，どこを引用するかの選択や作者が要約して伝えるところでは，幾らかなりと作者の思いが介入していてもおかしくはない。

「名家の娘でありながら，ルソーの『告白』よりもおそらくずっと露骨な」（第4の手紙）と作者自身が評している彼女の手記やその他の資料から浮かび出るアンジェリックは，たとえばR.ジャンが言うように，実は無節操で男の気を引きたがる，シニックで狡知に長けた見せかけだけの素朴な娘，[30] であったのかも知れない。しかし作者は彼女をそのように描くことはせず，自分の愛読書である『ポリフィルの夢』Le Songe de Poliphile (1499) のヒロインのように，困難な運命を甘受し不実な夫にも変わらず愛情を注ぎ続ける心優しい妻，としてアンジェリックを呈示しようと努める。夫に起因する窮乏と不幸の中にあっても，そのことに何ひとつ不満を漏らさない女性である。

　　（彼女は）変わらず彼を愛し続けている。理性によって自分の運命に従うプラトン学徒のような妻として。（第8の手紙）（括弧挿入部は筆者）

そして，夫への変わらぬ愛を語る言葉が彼女の手記を締めくくるものであることを伝えるのである。

　　それでもわたしは自分の愛する気持ちが，2人でフランスを発った時

そのままに，大きなものであるのを常に感じていました。（第8の手紙）

　母を想起させる女性であるアンジェリックには妻としても立派な女性であって欲しい，そういう気持ちが作者にあったのであろうか。先のR.ジャンの手厳しいアンジェリック評に首をかしげたくなるほど，作品から見えてくるアンジェリック像は，苦労の中でも夫への愛を貫く健気な女性なのである。

　ネルヴァルのアンジェリックに対する特別な思い入れの理由としては，こうした母であれ妻であれ，彼が希求する女性像に応える要素がアンジェリックにあったということが大きいだろうが，他にも，ネルヴァル自身との係わりで手記内容に惹かれるところもあったのではないかと思われる。

　そのひとつは，拘束感の共有である。娘時代のアンジェリックが厳格な父親の拘束下にあったことは既に述べた。駆け落ちした後も生活のために各地を転々とし，安らぎや自由な暮らしは望めなかった。また，夫が旅行証の不所持で拘留され，赦免状を得るために彼女が奔走しなければならないこともあった。この出来事が興味深いのは，「第5の手紙」にあるように，作者も自身の探索旅行の際に同じ旅行証不所持とさらに旅行目的の曖昧さから疑いを招き，逮捕されかかったことがあるからである。もともと拘束ということに敏感になる理由が作者にはある。出口の見えない古書探索の様子を書き続けて主題内容の不在を補わなければならない閉塞感，ビュコワ神父について語るという予告を裏切っている後ろめたさ，焦り，「リアンセイの新聞法改正案」に抵触することへの恐れ，それらが狂気の発作による病院での《幽閉》体験の記憶と深いところで結びつき，作者は常時ある種の拘束感の中にあったのである。アンジェリックの手記の中に嗅ぎつけたこの拘束感は，作者にとってその文脈を超えて働きかけてくるものであっただろう。

　次に，アンジェリックを巡る恋愛模様への関心である。いわゆるネルヴァル好みの恋愛形式がそこに見られる。

　アンジェリックの恋の相手となる者たちはいずれも父の部下，あるいはその部下の使用人であり，後に夫となる男も元は出入りの商人で父の部下とし

て働いていた。従って，これらの恋はいずれも身分の低い若者が高貴な姫へ思いを寄せるというパターンの中にある。恐らくこの形がネルヴァルに，かつて女優ジェニー・コロンへ寄せた自身の愛と心理的に共通するところを感じさせたのであろう。これらの恋の成り行き，アンジェリックに恋した男たちの運命がどうなったかに強い関心を示すのである。それは，夫となる者以外の若者たちが彼女との恋によって死や逃亡という文字通り悲劇に到った顛末をこと細かく述べることや，最初の恋人がアンジェリックに宛てた恋文をわざわざ引用するなどの念の入れようとなってあらわれている。

　ちなみに，引用されるこの恋文の調子は，通称『ジェニー・コロン書簡』Lettres à Jenny Colon と呼ばれているネルヴァルの書簡体手稿の雰囲気に極めて近いものである。ネルヴァルには文人らしく手紙による口説きを好むところがあり，その点でもこの恋文には興味があったのであろう。また，夫となる若者に対するアンジェリックの恋心が，2人が密かに交わす幾通もの手紙の中で次第に熟していくところも，ネルヴァルには好ましく思えたに違いない。「若者は彼女に手紙を書くことに成功し，駆け落ちをもちかける。彼女は3日間考えて，それを受け入れる」[32] という展開は，恋の駆け引きにおける手紙の効力を信じたいネルヴァルにとっては，申し分のないものであったかと思われる。

　最後に挙げたいのは，ビュコワ神父にも古書にも辿りつけず迷路の中をさ迷うかのような作者自身の姿が，アンジェリックのあてどない巡歴のありさまと似通うものであるということである。故郷を捨て，故国からも離れて，イタリアやドイツの町々を放浪するアンジェリックの身に起こる数々の苦難，それらが浮かび上がらせる彼女の旅と人生のあてどなさ，不確かさのイメージは，「逃れゆく書物」[31] を追い求める作者の迷路行と意味的な重なりを見せている。彼女の巡歴もまたひとつの迷路行であったのだ。アンジェリックに対する作者の思い入れは自然なことだったであろう。

おわりに

　終章「第12の手紙」で，作者はようやく求めていた古書を手に入れる。「わたしの探索旅行の目的は今や達せられた」（第12の手紙）のだ。こうして，『アンジェリック』はネルヴァルにあっては例外的に，求める《聖杯》を探り当てたかに見える。しかし，この《聖杯》を手に作者が語るはずだったビュコワ神父の物語は始まることがなかった。結局，われわれに明らかになったのは，この《聖杯》を求めての一見気ままにも見える《巡礼》が，ネルヴァルの内心からすれば不安に満ちた《迷路行》に他ならなかったということ，そして，同じ迷路を行くようなアンジェリックの人生が古書探索の途中の１挿話としては破格のスペースで語られるのは，単にその波乱に満ちた人生への興味からだけでなく，アンジェリックと母をイメージ的に重ね合わせて，《失われた母》を偲ぶ思いが作者にあったからだろうということである。言い換えれば，作者はアンジェリックの物語を顔も知らない母へのいわば鎮魂歌としたのである。

　従って，この作品はネルヴァルがアンジェリックの手記に魅入られた時点で既に成立していたということになる。ビュコワ神父や古書そのものは，結果から見れば作者がアンジェリックについて語るための１種の口実でしかなかったとも思える。なぜなら，作者は結局ビュコワ神父については何一つ語らないまま作品を終えているからで，それはすなわち語るべきことは既に語った，という密かな判断が彼の中にあったということである。別な言い方をするなら，ビュコワ神父と古書のストーリーは作品を前へ押し進める見えにくいけれども大きな流れであり，その川の表面を覆うようにしてアンジェリックの物語やその他様々な挿話が浮きつ沈みつしながら，また絡み合ったり離れたりしながら流れていく。これが『アンジェリック』の《語り》の手法であり，それはたとえば，自分が見た夢を語るという触れ込みの『オーレリア』において，語られる夢そのものが実際には作者が語りたい何かをそこ

に盛り込むための器でしかなく，つまりは《語り》のためのひとつの枠組み
だったというR.マズリエ Roger Mazelier の指摘と通じ合うものである。[33]

　『アンジェリック』の作品としてのこうした在り方は，「脱線と挿話を作品
内部に位置させ，同時に作品を解体させる技法」[34] と評されるほど，いわゆ
る通常の中心テーマを膨らませ展開させる物語スタイルからは遠いものであ
る。ひとつの物語が始まったかと思えば，違う挿話があらわれ，それもすぐ
に別な話題の登場で消えていく。最後までその繰り返しである。これはまる
で次々景色が変わる散歩のようである。一応は目標に向けて歩き出すのだが，
途中の景色につい足を止めて眺めたり，母親に似た女性に出会って身の上話
を聞いたり，彼女の親戚のうわさ話に時を過ごしたり，行き先を忘れたかの
ようにちょっと横道に入ってみたり，そうやっていざ目標に辿り着いても特
別何かがあるわけでもない。

　つまり，『アンジェリック』という作品は，性急に中心ストーリーだけを
追おうとすると戸惑いや苛立ちを呼ぶだけかもしれないが，散歩が持つこの
「逍遥するリズム」[35] に逆らわず，移り変わる景色をその場その場で味わう
気持ちになれれば，歩き終えた時にはネルヴァル独自の景色の見方，彼の考
えや思いに触れていたことに気づかされることになる。奇妙といえば奇妙だ
が，これが他の作品にもある程度共通するネルヴァルのスタイルなのであり，
他にはない彼の持ち味だと言える。

（論文初出　1981年）

【注】

　使用テキスト：Gérard de Nerval；*Œuvres tome I* (La Pléiade, Gallimard, 1974)

1) Raymond Jean：*La Poétique du Désir* (Ed. du Seuil, 1974) pp.87-88
2) Gérald Schaeffer：*Une double lecture de Gérard de Nerval—Les Illuminés et Les Filles du feu—* (Baconnière, 1977) p.93
3) Gérard de Nerval：*Œuvres tome I* (La Pléiade, Gallimard, 1974) pp.1266-1267
4) ibid, p.1267
5) Albert Béguin：*Gérard de Nerval* (José Corti, 1973) p.120
6) G. de Nerval: *Œuvres tome I*, p.835, Lettre au Dr Étienne Labrunie

ジェラール・ド・ネルヴァル：『アンジェリック』の２つのテーマ　　45

7 ）アンリ・カミュザHenri Camusat，リアンセイ伯Comte de Riancey によって提出
　　され，1850 年 7 月より施行された。テクストでは以下，「この法案の施行によって，
　　議会が《新聞小説》roman-feuilleton と呼ぶものを新聞に掲載することを禁じた。
　　（……）わたし自身も今度のとりとめもない翻案物のことを考え，これがあの奇妙に
　　組み合わされた二つの言葉，新聞小説，に結びつけられることもありうると思って怯
　　えるのだった。（……）違反した場合，その処罰は押収された新聞一部につき50 フ
　　ランの罰金……」というような文章が続く。

8 ）Norma Rinsler ： *Gérard de Nerval* (The Athlone Press, 1973) p.61

9 ）Jean Richer ： *Nerval, Expérience et Création* (Hachette, 2ᵉ éd, 1970) p.294

10）N. Rinsler ： op. cit. p.61

11）R. Jean ： op. cit. p.92

12）G. Schaeffer ： op. cit. p.93

13）ibid. p.93

14）Jean-Pierre Richard ： *Poésie et profondeur* (Éd. du Seuil, 1976) p.25

15）G. de Nerval ： *Œuvres tome I*, p.242

16）J.-P. Richard ： op.cit. p.13

17）G. Schaeffer ： op.cit. pp.93-94

18）G. de Nerval ： *Œuvres tome I*, p.1270

19）ibid. p.135

20）Jean Richer ： *Gérard de Nerval* (Seghers, 1968) p.20

21）J. Richer ： *Nerval Expérience et Création* (Hachette, 2ᵉ éd, 1970) p.296

22）ibid. p.295
　　　J. リシェJ. Richerによれば，実際にはヴァロワ近くではなかった。ネルヴァルが
　　母の故郷ヴァロワとアンジェリックの故郷を結びつけたいという気持から出た誤り
　　らしい。

23）Ross Chambers ： *Gérard de Nerval et la poétique du voyage* (José Corti, 1969)
　　p.169

24）G. de Nerval ： *Œuvres tome I*, p.271

25）François Constans ： *Gérard de Nerval* (L'Herne 1980) pp.165-166

26）G. de Nerval ： *Œuvres tome I*, p.133

27）ibid. p.399

28）ibid. p.404

29）ibid. p.1267 及びJ. Richer ： *Nerval Expérience et Création*, pp.295-300
　　　「第４の手紙」には，「彼女について古文書館とコンピェーニュでわたしが集めた
　　すべて」，という風に相当の量を調べたと感じさせる文章があるが，J. リシェの研究
　　によれば，ネルヴァルはこの国立古文書館には，「塩密輸人たち」*Les Faux*

Saulniers 執筆時期の1850年10月30日の１日限りしか訪れていないとのことである。

30）R. Jean：op.cit. p.103

31）R. Chambers：op.cit. p.172

32）R. Jean：op.cit. p.107

33）Roger Mazelier：*Gérard de Nerval et les Cathares en Périgord* (Europe avril, 1972) p.53

34）R. Jean: op.cit. p.95

35）ibid. p.89

ジェラール・ド・ネルヴァル
『10月の夜』
—— 未遂の構造 ——

はじめに

　B.ディディエ Béatrice Didier はネルヴァルの文学的営為の柱として「旅・本・執筆」の三つの要素を挙げている[1]。たしかに，旅することは彼の作品によく見られる散策，彷徨といったテーマと重なるものであり，この要素が作品で重要な役割を担っているのは間違いない。旅はネルヴァル的ドラマを成立させる基本的な枠組みのひとつなのである。
　ネルヴァルにとっての旅は，その頻度や影響の大きさから見て，彼自身の生き方に組み込まれた本質的な営みとも言えるのだが，同時に，文学者の彼には常にいわゆる取材旅行として意識するところもあったに違いない。殊に晩年，経済的な事情からジャーナリズムの世界で不断に一定量の原稿を書き続けねばならなくなり，「発表のための材料を求めて旅行し，今度はその費用を捻出するために発表する」[2]という生活になっていたのは周知の事実である。取材旅行の意識があったかどうか，という基準で彼の作品を二つの系統に分けることすらできる程である。一方は取材報告の気配が濃い『東方紀行』 Voyage en Orient (1851) の系統，他方は自らのテーマに沿った旅である『シルヴィ』 Sylvie (1853) の系統という風に。

ただ旅の意図はともかく，ネルヴァル自身が抱えるテーマのあらわれ方という点から見れば，この区分けに余り大きな意味はない。はっきりと取材旅行そのものをモチーフにしたと言える作品でも，彼固有のテーマは隠しようもなくあらわれているからである。たとえば『アンジェリック』Angélique（1854）がそうである。この作品では，ネルヴァルが18世紀のある神父について書こうとして資料や必要な古書を探しにパリ近郊の町や村を訪れ，またパリの街中をさまようという取材と探索の推移が作品の構造をなしているが，ネルヴァルのオプセッションとも言える幾つものテーマがこの構造をねじ曲げるようにして侵入している。実在した神父の事跡や人物を語るという本来の主題を脇に置いて，資料探索の苦労やその過程での出来事を作者の個人的な意味合いで語り，またやはり個人的に興味を惹かれたアンジェリックという女性の手記を長々と紹介するなど，実際には旅や彷徨を枠組みとして利用しながらその中味を自分好みの物語に仕立てているところがある。旅を語っても，それはネルヴァルの内に内在化された旅なのである。従って時には，語られる出来事以上に語る作者への興味が掻き立てられることにもなる。

　ここで取りあげる『10月の夜』Les Nuits d'octobre（1852）も（発表は『アンジェリック』の2年前ではあるが）構造的には『アンジェリック』と同系統の作品と言うことができる。この2作品は同じように雑誌（『10月の夜』）や新聞（『アンジェリック』）の連載物として書かれ，話者が旅なり探索に出て，その道中の出来事なり推移なりを伝えるのが全体のプロットをなしていること，語りの気ままなスタイル，そして物語の終わりで旅や探索の目的が達せられたかに見えた時，一転して，その目的自体の重要性が物語から消え去ること，など共通点が多く認められる。どちらも読者が最後に肩すかしを受ける作品である。

　その奇妙な結末について言えば，ある神父に関する古書の探索という枠組みの内に成立する『アンジェリック』では，物語は主題とは関係なさそうな幾つもの挿話の挿入によって「ジグザグ状」[3]の複雑で不鮮明な軌跡を描きながら，それでも終章に到って古書入手という当面の目標は達成される。

《肩すかし》というのは，話者が当初その古書をもとにして始めると予告していた神父の物語が始まらないまま，古書を手に入れた時点で物語が終わってしまうことである。神父の物語であるはずが古書探索の物語になってしまっているのである。ただここでは，古書を手に入れるための話者の試行錯誤，すなわち探索の旅ないし彷徨についてだけは，最後に古書が手に入ることで奇妙とはいえひとまずその意味が満たされている。

　一方，『10月の夜』の結末はそれとは少し違っている。この作品では，ある目的を持って旅立ちながらも最後までその目的が達成されることはなく，それに伴って話者の旅の意味，つまりそれまで語られてきた道中での出来事や苦労の意味が，いわば無駄な骨折りとして無に帰してしまう印象になる。もっとも，ネルヴァルにあっては目的は常に聖杯的な意味を帯びて手が届かないというのが普通なので，その意味ではこの挫折に終わる企てという展開はいかにもネルヴァル的ではある。『アンジェリック』でも，本来の目的である神父の物語は語られないままで終わっている。そして，その欠落を埋めるように副次的な目的の達成が物語にそれなりの到達感を与える構図になっていて，『アンジェリック』では古書の入手，『10月の夜』では旅の目的地クレイユへの到着ということになる。

　つまりこういうことである。話者はパリ近郊の町クレイユに住む猟好きの友人から，かわうそ狩りに招かれていた。そのためにパリを発とうとするところから物語は始まる。しかし色々な事があって，彼はクレイユに到着するのが遅れてしまう。着いた時には既に友人は狩りを終えていて，ある人の葬式のために他の町に出かけてしまっていた。話者は剝製になったかわうそを見ただけであった。物語をごく簡単に要約すれば以上のようになる。

　問題にしたいのは，従って，このかわうそ狩りが未遂に終わることの意味であり，また剝製のかわうそが何を象徴しているのかということである。

　干からびた剝製のかわうそは話者の旅の不毛を物語っているようにも思えるし，あるいは，剝製とはいえ目指していたかわうそを目にしたことを思えば，そこへ到るまでの道中が話者にとっては真の《狩り》であったのかとも

思える。もしそうなら，『10月の夜』が出発から到着までの旅の過程のみを
語って物語を終えるのもひとまず納得が行く。『アンジェリック』が肝心の
神父の物語は語らず，その前段階の古書探索だけを語って作品としているの
と同じケースである。以下，その辺が実際にはどうなっているのかプロット
の進展に沿って見てみたい。

I　構　造

『10月の夜』は次のような書き出しで始まっている。

　　誰でも時がたつにつれて，大旅行をしようなどという気持はなくなっ
　ていくものだ。ただ，あまりに長い間旅をしてきて，自分の祖国に対し
　てもうすっかり外国人になり切ってしまった，というのなら話は別だが
　……。旅行の範囲は次第に狭まり，少しずつ自分の住み家に近づくこと
　になる。―今年の秋はあまり遠くまで足をのばせなかったので，モーに
　ちょっとだけ旅行しようと計画を立てていた。（1章）

モーはパリの東44キロにある町である。友人が住むクレイユはパリの北49
キロだから，モーに行くのは方向が違うことになる。実は『10月の夜』には
副題があり，それは「パリ―パンタン―モー」となっていて，目的地クレイ
ユの名は出ていない。まるでモーが旅行の目的地であるかのようで，実際そ
のようにして話は進展していくのだが，物語の終盤，つまり全26章構成のこ
の作品の22章になって初めてモーは本当の目的地でないことが明かされる。

　　わたしはまだ読者にこのモーへの旅行の本当の動機を説明していな
　かった。白状した方がいいだろう，実はこの土地ではわたしは何もする
　ことがないのだ。（22章）

そしてようやくクレイユがこの旅の本当の目的地であり，そこで友人のか
わうそ狩りに同行するのが旅の目的であることが明かされる。

この時点でそれまで目的地に見えていたモーはクレイユへ行くための通過
点のひとつにいわば降格し，さらにモーを通ってクレイユへ向かうという旅
行コースの奇妙さが浮かび上がってくる。ずいぶん遠回りになるのである。

ともあれ，物語の7割にあたる部分まではモーが目的地であるかのように
話が進展し，終わりの方の3割だけが本来の目的地クレイユへ向かう道中を
語ることになる。また，クレイユに着いてからのことは，終章の最後の数行
が充てられているに過ぎない。

本来の目的から離れてそれとは無関係な話を書き連ねていく手法は2年後
の『アンジェリック』でも見られるものだが，『10月の夜』ではこうした手
法を弁解するような説明が用意されている。第1章で，話者はレストランで
何気なく手にした雑誌「英国評論」に掲載されていたチャールズ・ディケン
ズCharles Dickens のエッセイ「街の鍵」*La Clef de la rue*を読むのである[4]。
市井の現実に目を向けて描くディケンズの現実主義ないし写実主義は，高踏
的でもあり幻想的でもあるネルヴァルとは文学の方向を異にするが，ネル
ヴァルはここでディケンズに倣って旅の過程で見聞きするものに丹念に目を
配り，それらをやはりディケンズ風のユーモアで味つけして描いてみようと
考えたようである。大事なものが現実の細部にあるのだとすれば，それほど
目的や目標にはこだわらず漫歩のような旅であってもいいだろうという理屈
かと思われる。

　　ともかく，チャールズ・ディケンズの記事を読んだことが，こうして
　話が脇道にそれてしまう原因なのだ！（21章）

あるいは終章，旅行許可証の不携帯を咎められ牢に入れられる羽目になっ
た時にも，ディケンズに責めを負わせることになる。

　　深い夜！わたしは一体どこにいるのだろう？牢獄の中か。軽はずみな

ことをしたものだ！とにかく，「街の鍵」という題の英国の記事を読んだことがお前をこんな事態に導いたのだ……（26章）

　これはたとえば『シルヴィ』において，目にした1枚のポスターが主人公を過去の出来事の回想，およびその舞台であったヴァロワ地方へと誘う展開を思い起こさせるが，何よりもこのディケンズとの関係で浮かび上がってくるのは，前にも触れ，第1章の章題にもなっている「レアリスム」réalismeの問題である。

　ここで話者はディケンズの文学を，「読物的な作り話という混ざり物が全くない観察だけの章」（1章）とかなり乱暴に要約するのだが，これは恐らく当時パリで流行していたシャンフルリイChampfleury やデュランティ Duranty 等のレアリスム運動への反発が背後にあったからに違いない。目指すところが異なるこの文学思潮には批判的でしかあり得なかったと思われるネルヴァルなのだが，少なくともこの『10月の夜』では，半ば冷やかし気味とはいえ，レアリスムが標榜するありのままの現実を描写するという技法に乗ってみようという姿勢を見せている。たとえば作品の前半，夜のパリの猥雑な情景をあれこれ描いていくところなどは，レアリスム風な現実の《呈示》を意識しているように見える。描写の具体性と多様性が雑誌連載物として読者の好奇心を満足させるのでは，という思いがあったのかも知れない。ネルヴァルの念頭には同じような連載小説の前例として，当然レチフ・ド・ラ・ブルトンヌRestif de la Bretonneの『パリの夜』Les Nuits de Paris ou le spectateur nocturne（1788-94）やウジェーヌ・シューEugène Sueの『パリの秘密』Les Mystères de Paris（1842-43）などの作品があったはずで，同じようにパリの夜をこと細かく描写することで，人々がジャーナリズムに求めるものに応えようとしたのであろう。

　しかしながら，そこでやはり見落せないのは，こうしてレアリスムの方法を採用しながらも，その筆の下からネルヴァル特有の幻視家visionnaireとしての眼差しが隠しようもなくあらわれてくるという事実である。目の前にな

いものを見ようとするこの眼差しはパリの夜の描写全体を蔽っており，たとえば《廃墟》，《変容》，《閉鎖》などのイメージを多出させて，かつては存在していて今は消え去ったパリ情景へ読者の思いを誘おうとするのである。具体的には閉鎖されたモンマルトルの石切場（3章），閉鎖されたタンプル大通りのカフェ（5章），レストラン「ナシオン」の12台の玉突台から消えたポケット（8章），集会から失われてしまった伝統（9章），等々。つまり，表向きは目の前の現実を描こうとしながらも，実際には，記憶の中にしか存在しない昔の現実を何かにつけて振り返らずにはいられないのである。

　　　こういう時代は過ぎ去ってしまった。—「納骨堂」の酒場は今では改装され，ガス燈で照らし出されている。（14章）

　話者の夜のパリ探訪記は延々15章まで続く。モーへ向かう列車に乗る予定が，その日の出発時刻が変更になっていたり，道で出会った友人との会話に夢中になったりしたせいで結局乗れなくなり，翌日早朝の始発までその友人と2人でパリの夜を探訪することにしたのである。そして，作品の副題「パリ—パンタン—モー」にある「パンタン」（闇のパリ）の彷徨で目にするものをレアリスム風に語ろうとするのだが，実際にはどの場の情景も話者の昔を懐かしむ気持ちや，古典古代と諸外国の文学についての該博な知識などをフィルターのように上に被せた《現実》となってしまう。

　さらに，16章から舞台はようやく当面の目的地モーに変わるものの，この町の見世物小屋で「メリノ羊の美しい栗色の毛が頭に生えた絶世の美女」（16章）という現実離れした女性を見物する辺りから，このレアリスムへの意識も怪しくなり始める。現実よりも話者の内面世界の描写の方に力点が移っていくのである。21章になると話者はもう耐えきれなくなったかのように叫ぶ。

　　　私はもう筆を止めよう。—レアリストの仕事は余りに辛すぎる。（21章）

　ここに来て話者の語りはその正直な心情に立ち返って，むしろレアリスム

批判の様相を帯びてくる。人々が真実を欲するのは良しとしても事実がそのまま真実というわけではなく，「真実というのは虚偽にあるのだ，少なくとも芸術や詩においては」（21章）という主張まで口にし始めるのである。

　作品の最終章では「これが10月の3夜の偽りのない物語である」（26章）と締めくくっているが，これは話者の皮肉であろう。というのもこれに続けて，「（この3夜は），あまりにも絶対的なレアリスムの行き過ぎから私を正してくれた」（26章）となっているからである。レアリスムの言う現実からは外れたかもしれないが，自分が考える真実は忠実に語れたということである。こうなれば，メリノ羊の毛が頭に生えているという「メリノの娘」に話者が心惹かれるという挿話もそう突飛なものではないのかもしれない。通常の現実感覚からすれば異様でしかないものも，不可思議や驚異をも包含する別種の現実まで俯瞰する精神にとっては，つまり話者の目からすれば，美しくもなり得る，という密かな主張だった可能性がある。リアルとされる通常の美女の概念に揺さぶりをかけ，心が受けとめる美女の姿は人それぞれの思いに沿って多様であると言っていることになる。

　また作中で語られる2つの夢，すなわち話者が見世物小屋で「メリノの娘」を見物した夜に宿で見た夢，またモーからクレイユへ向かう途中で旅行許可証の不携帯が原因で逮捕され牢内で1夜を過ごした際に見た夢，これら2つの異様な夢の詳細な記述も，通常は非現実と片付けられる夢の世界をやはり語るに足る別種の現実として《呈示》しようとする意志があってのことであろう。

　前に触れたように，この旅の目的とされたクレイユの町でのかわうそ狩りは作品構成から言えば名目上の目的に過ぎず，実質的にはパリの夜の彷徨を含めたクレイユに到るまでの旅の過程そのものが旅の目的と化していた。話者が目にし体験する様々な事柄は，必ずしも客観的な観察の対象ということではなく，むしろ話者の主観によって個人的な意味を被せて，いわば我がものに絡め取った上で語られるのである。彼が最後になって眼にする剥製のかわうそは，その意味では，いわゆるありのままの現実というものの空しさを

象徴するものであろう。作り物と化したこのかわうそに本来の生命を再生させるもの，それが話者が語ってきた主観に満ちた旅の過程，すなわち客観的な現実に自己の思いを絡み合わせた先に出現する混沌として生々しくうごめく個人的な真実だということである。

パリの夜の彷徨のうちにしばしば回想されていた今は無きパリの情景も，単に昔を懐かしむノスタルジーのあらわれというだけではないのだろう。昔を懐かしむ人の心は目に見える情景の奥に今は消え去った情景を見ることもあるし，その情景の中を束の間生きることもある。つまり，カメラには写らないそうした心の世界をも含めた現実がその人の真の現実なのだ，という積極的な意味を持った《懐旧》であったかと思われる。見えないものを見る幻視性は，その意味では，ネルヴァルに限らず誰にでもあるのである。

ボードレールBaudelaire が同じ頃，「昔のパリは，もはやない。(……) パリは変る。しかし，私の憂愁の内では何ひとつ動くものはなかった」(「白鳥」1859) 5) と歌ったように，話者は自身の心に刻まれて変わることのないパリの姿を目の前のパリと重ね合わせて眺めていたのである。こうした姿勢はモーパッサンMaupassantの「すぐれたレアリストは，むしろ幻想家と呼ばれるべきである」6) という逆説的なレアリスム定義に通じていると言えるだろう。

こうして『10月の夜』は，クレイユという本来の目的地は伏せたまま読者をパリの夜やモーの町へと誘い込み，また，レアリスムの方法を用いると見せかけて実際はこの方法を欺くなど，いわば二重の偽装を凝らした作品になっている。レアリスムの件はネルヴァルの資質からして馴染めないのは分かるが，それにしてもなぜこんな手の込んだことをするのかという疑問は残る。これを解くにはやはり，物語を通して見え隠れするネルヴァル固有のオブセッションに目を向ける必要があるだろう。

II　オプセッション

　話者にはクレイユであれモーであれ早く目的地へ着きたいという気持ちが薄いようである。遠回りになるモー経由でクレイユへ向かうこともそうだし，わざわざ寄ろうとしたモーにしても出発日に友人とのおしゃべりで列車に乗り遅れるなど，特別モーを目指す理由や意欲があるようには見えない。旅立ちを急いでいないというだけではなく，どうも目的地への到着というのをそれほど重視していない感じである。クレイユという目的地を終盤の22章まで伏せるところなどを見ると，話者にはもともとこの旅を目的地を目指す通常の旅ではなくて，何か別種の旅として印象づけたい思いがあったのではないかと思われる。

　ともあれ，この物語は3泊4日の旅の話であり，1夜ずつで3つの部分に分けることができる。1日目は1章の「レアリスム」から15章「ポール・ニケ」までで，夜を過ごすのはまだパリ。しかし《旅》はもう始まっている。2日目は16章「モー」から18章「地の精たちの合唱」までで，夜はモー。そして3日目は19章「めざめ」から25章「もうひとつの夢」までで，夜はモーからクレイユへ行く途中の町クレピーの牢屋で迎える。終章の26章「教訓」は4日目の朝ということで，牢を出た後にクレイユ到着となる。

　ほとんどが夜のパリ探訪にあてられた第1日目では，話者はこの探訪をダンテ Dante の『神曲』 La Divina Commedia になぞらえ，案内人ウェルギリウスに見立てた友人に伴われての《地獄下り》としている。パンタン（闇のパリ）にうごめく人々の悲惨と絶望に触れて，その地獄模様を伝えようというわけである。しかし実際に目にするのは，酒場やダンスホールで猥雑ではあるが夜を楽しむ人々や，集会で昔ながらの好ましい歌い方をする女性，焼肉屋で浮気性の女性に惚れた若者と彼に説教するマダム，市場で朝の仕事を待つ労働者やすでに働いている者たち，キャバレーで酒をねだってくる老女，寝ていたベンチから起き上がって自らの哲学を語り出す痩せた男など，要する

に悲喜こもごも倦怠と活気が入り混じる都会の夜のありふれた姿である。も
しそれが地獄だとすれば，人々の生の営みそのものが地獄ということになる。
　話者にそこまで言い切る考えはなく，友人から「君は思い違いをしている。
ここは地獄なんかじゃない。せいぜい煉獄といったところさ」（10章）と言
われると，翌日のモー行きの列車の中では次のように前夜のことを振り返る
のである。

　　わたしはまだ最も深い窮地にまで入り込んだのではない。実際のとこ
　ろ，実直な労働者や，哀れな酔っぱらい連中，そして家もない不幸な人
　たちにしか出会っていないからだ。（……）そこはまだ最後の深淵という
　わけではないのだ。（16章）

　《地獄下り》のテーマについてその到達点となるのは3年後に発表の
『オーレリア』Aurélia（1855）であり，『10月の夜』はその前段階的作品と見
なされている。前段階的というのは，ひとつには，失意と悔恨で暗く染めら
れた夢を記述する『オーレリア』が《地獄》をいわば自身の内に見出してい
るのに比べ，『10月の夜』ではパリの夜の彷徨が示すようにそれをまだ外の
世界に見ようとしているところがあるからである。と同時に，パリの後の
モーでの体験を契機として，自分の心に潜む《地獄》への自覚もまたこの
『10月の夜』から生まれてきているのである。そしてもちろん，夢の記述と
いう『オーレリア』の手法を予告するように『10月の夜』にも2つの悪夢の
記述があることも関係している。
　2つの悪夢というのは，話者が自らの生き方や文学者としての在り方に迷
いや苦しみを抱えていることを伝えるもので，その意味では話者が陥ってい
る《地獄》の描写とも言えそうだが，少なくとも文学者としての自らの在り
方については，確かに迷いはあるとしてもそれが彼を苦しめて《地獄》とい
う救いの無いところまで追い詰めているようには見えない。
　たとえばモーで見る最初の夢には，レアリスム的な客観性を重視するかそ

れとも主観的な真実を取るかで迷う話者の気持ちが出ているが，この迷いはこの後レアリスムの束縛から自身を解放するという選択で決着がつく。2つ目のクレピーの牢屋で見る夢もやはり文学者としての姿勢が問題になっていて，レアリスト（現実主義者）ともファンテジスト（幻想作家）ともエッセイスト（随想家）ともつかぬその曖昧さを糾弾する裁判官に対し，泣き声で話者が悔い改めを誓うというものだが，どこか戯画調の記述からは本気度なり深刻さなりが余り伝わってこない。むしろ自らの曖昧さへの開き直りのようにも見える。

　文学者としての自負なり自己信頼なりが垣間見えるという点では，話者は友人が言うようにまだ《地獄》ではなく1歩手前の《煉獄》の状態にあるということになる。解決すべき課題はあるとしても，迷いを抜け出て《天国》へ到る可能性を残しているということである。従って，話者にとっての《地獄》は，こうした文学的な表現スタイルの問題にあるというよりは，話者が自分独自の表現スタイルでしかあらわせないと考える自身の独自なものの見方，あるいは心の在り方にあるということになる。

　そうした内心の問題が関係して，たとえば旅の目的を曖昧にしたり，目的自体を無意味化するようなこと，つまり到着時にはかわうそ狩りは終わっていたと最後の数行で語って済ますようなことが出てくる。読者は未遂のままの企て，つまり本当ならかわうそ狩りの物語が始まるべき地点で物語が終わる奇妙さに戸惑いながら，そこでようやく話者にとってかわうそ狩りは初めから関心の外にあり，この小旅行の単なる口実にすぎなかったことが分かるのである。この物語が語ったことと言えばクレイユに着くまでの出来事，あるいはクレイユ到着を遅らせた様々な原因ということになる。話者の真の目的はそれを語ることにあったのである。

　これは前に触れたように『アンジェリック』と同一の手法であり，『10月の夜』も名目上の目的は脇に置いてそこに到るまでの経過のみを語り，そこに見られる逡巡，迂回，遅延，さらには話の脱線などを通して話者の特異な内面を露わにしようとするのである。つまり作者ネルヴァルのオプセッショ

ンとも言うべきテーマが語られることになる。

A）歌う女／女優

　まず《歌う女》のテーマがある。これは夜のパリを彷徨する中で出会った小さな集会で歌う娘であり（9章・10章），また市場で見たジャガイモの皮を剥きながら歌っている娘である（13章）。2人に共通するのは《古さ》であり，集会の娘は歌い方が昔風であり，市場の娘は古い歌を歌っている。昔ながらの歌い方というのは「パリ国立音楽院の教えをまだ受けてない」（10章）歌い方，つまり音節をはっきり区切ることをしない歌い方であり，ネルヴァルにとってこうした歌い方や古い歌というのは「若い田舎娘にある素朴な純粋性」7）を象徴するものであった。たとえば，『シルヴィ』の第2章，主人公の心を魅了した美しいアドリエンヌは祭りの夜に古いロマンスを昔ながらに音を震わせて歌うのであり，また『散策と回想』Promenades et souvenirs（1854）の第3章でも，声楽教育で損なわれていない伝統的な歌い方は子どもや鳥のように自然で愛しいとされる。

　ネルヴァルにあっては，こうした《歌う女》は彼の抜きがたい懐旧の思いと深く係わるものであり，また J.リシェ Richer が言うように，『シルヴィ』のアドリエンヌその人のような気高く清らかな美しさとも分かち難く結びついている8）。だが，昔日の名残りとしての彼女たちの歌い方もやがては失われていくものでしかなく，それが分かっているだけにネルヴァルは繰り返し自らの愛着を語らないではいられないのである。

　　　おお，真珠の声をもつ若き娘よ！お前はまだパリ国立音楽学院におけるように音節を区切って歌うことはできない。（……）そのうち誰かがお前のお母さんに歌の先生のところにお前をやるようにと勧めるだろう。するとその時からお前は駄目になってしまうのだ……われわれにとっては失われた人となるのだ。（……）さらば，さらば，永久にお別れだ！（10章）

ところで，市場でジャガイモの皮を剥きながら古い歌を歌っていた金髪の美しい娘は，話しぶりも社交界の女性のように優雅だったのだが，ちょっとしたはずみで下卑た罵り言葉を吐いてしまう。最初の上品な印象が台無しになる。話者はこの娘をゲーテ Goethe の『ファウスト』Faust に出てくる《金髪の魔女》，ワルツを踊る相手と優雅に言葉を交わしている時うっかり口からネズミを吐き出して正体を露見させてしまう魔女になぞらえる。ネルヴァルにあっては本来美しさと結びつくべき古謡を《歌う女》が，ここでは醜さと結びつけられている。

　市場の娘が見せるいわば美と醜のこの二面性をどう考えるかだが，ひとつには人とはこういうものというレアリストの目なのかもしれないし，あるいはネルヴァルらしく美しさに潜在する恐ろしさを意識してのこととも受け取れる。しかし，《魔女》はともかく《魔性の女》とされる女性も，本人に男を破滅させようという意志があるとは限らず，男が勝手に女性の美しさに狂ってしまうだけということがある。《魔女》とされた市場の娘もただ田舎娘としての自分を素直に出していただけで，それを社交界の女性とか魔女などと話者の側が好き勝手に解釈していただけのことなのかも知れない。逆に言えば，そういうあれこれの思いを引き出して一喜一憂させ，時には惑乱させる得体の知れぬ力が，美しさにはあるということである。これをもし美が持つ魔力と言うとすれば，髪が羊の毛だという「メリノの娘」の怪奇性も必ずしも彼女の美しさを損なうものではなく，逆に，常にない美しさとして話者の心を掴んだということも十分あり得ることである。

　パリからモーへ向かう列車の中でパリの夜に《地獄》はなかったと思い起こしていた話者だが，実はモーに来て見世物小屋で目にする「メリノの娘」は彼に真の《地獄》がどこにあるのかを気づかせる存在だったと言える。興行の舞台に立つ彼女は，あたかも話者の胸元に突きつけられた刃のように，直ちに《女優》のオプセッションを呼び起こすからである。

　作者ネルヴァルが長年愛していた女優ジェニー・コロンが，彼ではなく一座の楽士と結婚し，その数年後に病死したのは『10月の夜』の10年も前のこ

とななのだが，ネルヴァルにとってこの《失われた恋》の傷は深く，幸福だった日々の記憶，悔恨，彼女への想いなどがほとんど執着と言えるまでに彼の心を支配し，苦しめていた。現実ではもはや叶うことのない恋，そして取り戻しようもない過去への妄執，これがネルヴァルがその中である意味のたうちまわっていた《地獄》なのである。

　そういうネルヴァルにとって，舞台に立つ女性から女優ジェニー・コロンへの連想は避けがたいものであったろう。話者が観客として舞台上の「メリノの娘」を見る時，彼の中で見世物小屋は《劇場》へ，そして彼女は《女優》へと変容し，話者の苦渋に満ちた想念や妄想を呼び起こし，取り込む容器となる。そうした「メリノの娘」への複雑な思い入れが，彼女と見世物小屋で交わしたやりとりの詳細な記述となり，またその夜の悪夢と頭痛を引き起こすことにもなる。

　この悪夢には先に見た話者が抱える文学上の問題の他に，「メリノの娘」に係わるある意味もっと深刻な問題も含まれていた。夢の始まりにあるのは，先ずいつ終わるとも知れぬ長い廊下であり，次に下部が黒い水に浸かった階段で繰り返す上り下り，といういわば話者の閉塞状況を象徴するような場面である。そして，割れるような頭の痛みの原因を「あの角を生やした女を抱擁したためだろうか，─それとももしかしたら，彼女のメリノ羊毛の髪の中に指を入れて触ってしまったからなのだろうか？」（17章）と「メリノの娘」に結びつけ，頭痛は「メリノ羊毛の髪をもつ女と結婚するという考え」（18章）を打ち砕くためなのだ，とも思うのである。話者が「メリノの娘」を単なる好奇心以上の目で眺めていたことが分かる。

　話者の妄想は目が覚めた後もさらに広がっていく。「メリノの娘」ともうひとりの出演者であったスペインの踊り子に触れて，話者はこのように記す。

　　　わたしがこれら2人の女のうちのひとりに夢中になり，軽業師かファ
　　ゴット奏者をライバルにしてこの上ない恋の冒険に身を投じる，という
　　ようなことも想像できるだろう。（21章）

あるいは，モーを後にする際にも……

　　モーから次第に遠ざかるにつれて，メリノの髪の女とスペインの踊り
　子の想い出は地平線の霧に紛れて消えていこうとしていた。ファゴット
　奏者からひとりの女を，あるいは，振付師でもあるテノール歌手からも
　うひとりの女をわたしが奪い取ったとしても（……）（22章）

　これらの言葉には，舞台に立つ女性への話者の偏愛，恋愛願望，あるいは
結婚願望が忍び込んでいると見ることもできるだろう。端的に言えば，これ
は女優ジェニー・コロンに向けてネルヴァルが抱いていた現実の願望の反映
なのである。彼女が自分の劇団に所属するフルート奏者と結婚した事実を思
い起こすならば，21章の終わりにある「メリノの娘」についての次の言葉に
はどこか偏執的な不気味ささえ感じられる。

　　わたしは黒い髪のほっそりとした若いファゴット奏者が，彼女に気が
　あるのではないかと疑っている。(21章)

　話者と「メリノの娘」の間に特別のことがあったわけではなく，ただ話者
が妄想を膨らませる契機となっただけである。しかしその妄想は作者ネル
ヴァルの強迫観念となっている女優ジェニー・コロンへの恋情，そして現実
から遊離して自らの思いの世界へ入って行く性向などを浮かび上がらせるも
のであった。ともあれ，こうしたオプセッションはさらに別のオプセッショ
ンと絡まり合って，旅そのものに新しい意味をつけ加え始める。

B）巡歴／迷路
　目的を余り気にしない気ままな散策に見えていた話者の小旅行がその印象
を変えるのは，モーとクレピーの夜に見る夢の記述によってである。どちら
も悪夢としか言いようのない話者の内奥の苦しみがあらわれた内容であり，
とりわけ前に触れたモーでの夢の冒頭，延々続く長い廊下や繰り返される階

段の上り下りは，話者が実は出口の見えない状況にあって苦悩していること
を窺わせるものであった。『オーレリア』にも似たような夢があり（Ⅱ部第2
章），ネルヴァルにあって「廊下」や「階段」というのは自己を取り囲む現
実が先の見えない迷路と化し，不安の中でさ迷っている状態を意味している
のである。話者が当初レアリスムに倣ってパリの夜を「銀板写真化」（15章）
しようしたのは，それによって写真が持つような具体的で安定した現実感を
自身に取り戻そうという意図があったのかもしれない。

　ただその試みは，頭に羊の毛が生えているという「メリノの娘」をそのあ
り得なさのままで受け入れ，さらには心惹かれてしまうという，通常の現実
感覚から遠いところにいる自分を再認識したことによって，断念せざるを得
なくなる。その無力感とそうした自己への怖れが夜の悪夢となったのである。
R.シャンベール Ross Chambers は「メリノの娘」の魅力が「現実」と「夢
想」が入り混じったところにあると考えているが[9]，この娘の異形性を抵抗
なく受け入れるというのは，話者が手に入れようとした《健全な》現実感覚
からすればこれを裏切るものであり，ひいてはそうした確かとされる現実へ
の疑いにも繋がるものである。そのため，たとえ夢想や思い込みと言われよ
うとも自己の現実感に従って生きるしかない，という諦めにも似た思い切り
がここで生まれたのかと思われる。前に見た「私はもう筆を止めよう。─レ
アリストの仕事は余りに辛すぎる」という言葉はその結果なのである。

　言うまでもなく，この姿勢は行き過ぎれば現実とのバランスが失われる危
険を孕んでいる。しかし既にパリの夜を彷徨する中で現実に目に見えるもの
以上のものを見ようとしていた話者にとっては，ある意味自然な成り行き
だったのかもしれない。外界の事物は単にそう見えるだけのものにとどまら
ず，自己のオプセッションの影をまとって内面に侵入するものとなっていた。
その意味ではパリの夜の彷徨も，「自分好みのコースを巡る気ままな漫歩」
（R.ジャン Raymond Jean）[10] のように見えて，実は話者にとっては自分の在
り方についての絶え間ない自問の場であったし，何らかの救いとなるものを
求めての巡歴でもあったのだろう。その救いらしきものは，「メリノの娘」

との出会いを契機とした自己の特異性へのある種の開き直りという形で一応
は得られるのだが，だからといって，迷いや不安を一掃するほど徹底したも
のではなかったようである。

　そのことは《監視》，《逮捕》，《幽閉》などネルヴァルになじみのテーマの
出現によっても説明される。パリの夜，訪れる様々な場所で見かける巡査の
監視や店に張られた禁止条項への過剰な反応，さらに門番や守衛に対する怖
れなどは，話者の異端者意識からくる漠然とした世間への怖れ，不安があっ
てのものであろう。その究極の姿がクレピーでの逮捕，投獄となる。

　J.リシェはこの逮捕劇はネルヴァルの「幽閉恐怖症」11) のあらわれだとす
るのだが，逮捕の原因となった身分証明書と旅行許可証の不携帯については
もう少し別な解釈も可能だろう。つまり身分証明書が社会の中での確たる自
己を保証するものだとすれば，その不所持はいわば「自己喪失のシンボル」12)
（J.-P.リシャール Jean-Pierre Richard）なのであり，ネルヴァルの不安定で
漂うような自己意識が反映したものと言えるのである。従ってこの《逮捕》
や牢への《幽閉》については，そうした自己からの脱却を促すものとして案
外肯定的に，とまでは言えないまでも仕方のないことだと受けとめていると
ころがある。話者が憲兵や牢番夫婦と交わす奇妙に和やかな会話には，深刻
さや恐怖が感じられない。

　ところで，もうひとつの存在証明となり得るはずの「旅行許可証」はモー
の宿に忘れたままであった。そのことにも意味はあるのだろうか。話者は目
的地クレイユへ向かいながら，後にしたモーへの未練を語っている。

　　　かわうそ狩りを見るのにまだ10里もある。こんなことなら，あの軽業
　　師やヴェネチア女，そしてスペイン女などの愉しい連中とモーに残って
　　いた方がずっと簡単だった！（22章）

ここで話者は，本当は苦労してまでかわうそ狩りが見たいあるいはやりたい
わけではなく，それよりは「ヴェネチア女」すなわち「メリノの娘」や見

世物小屋の者たちと一緒にいたかった，と言っているわけである。見えてく
るのは，現実の目的を追うよりも妖しい幻想の世界に惹かれる話者の心の傾
きである。話者がモーに残してきたのは単に旅行許可証だけではなく，かわ
うそ狩りというこの旅の当初の目的に対する意欲でもあったのだろう。つま
り，クレピーで逮捕されたときの話者はいわば惰性でクレイユへ向かってい
たということになる。旅行許可証を宿に置いてモーを去る話者にとって，こ
の旅は既にかわうそ狩り以上に自己の確認と救いを課題とする旅になってい
たのである。

　ところで，R.シャンベールは「牢獄とは自己の狂気としての牢獄である」[13)]
と捉えている。話者がクレピーの牢獄で自身の《狂気》と向き合わざるを得
なくなったという意味だろうが，この《狂気》とはしかし，話者が「メリノ
の娘」に抱いた思いに代表される心の中の現実を大切にすることなのであり，
話者にとっては自己本来の姿で生きていくことに他ならない。通常の感覚か
らすれば非現実である世界を受け入れ，そのゆえに《狂気》ともされるのだ
が，目に見える現実以上に自身の脳裏に展開する見えない世界に惹かれる話
者にとっては，こちらの方がより現実感があり，真実なのである。そうは
言っても，話者にはこの自己の真実のみを生きることが現実世界の喪失に繋
がり，人生に破綻をもたらすだろうということは理解されている。分かって
いてなおその領域への過度の傾斜を止められないところに，話者のあるいは
作者ネルヴァルの苦悩があり恐怖があるのである。

　モーの夜に見た悪夢はこの《狂気》と《理性》の相克の姿だったのであり，
クレピーの牢獄内で見るもうひとつの悪夢についても同じことが言える。話
者はここで，前にも少し触れたように，3人の裁判官から自らの文学者とし
ての在り方，つまり同時に「レアリスト」であり「ファンテジスト」であり
「エッセイスト」であるという得体の知れなさを糾弾されたのだった。

　　レアリスムから犯罪までは僅か1歩である。犯罪は本質的に現実主義
　から生じるからである。ファンテジスムは1直線に怪物崇拝に通じてい

る。エッセイスムはこの狂った精神を牢獄の湿った藁の上で腐らさせていく。ポール・ニケに通い始め，やがてメリノ羊の毛が頭に生え角のある女を熱烈に愛するようになり，遂には放浪と大げさな吟遊詩人趣味を咎められ，クレピーで逮捕されてしまうことになる。(25章)

　夢の中で話者を責める声は実際には話者自身から出ているのであり，こうした自虐と迷いに付きまとわれながら，それでも自分にとっての真実を生き，また書くしかないというところに話者はいるわけである。

　作者ネルヴァルに置き換えて言うなら，彼をこうした現実忌避の地平へ追い込んだ1番の原因は，やはり女優ジェニー・コロンとの愛が破綻したこと，さらに想いを断ち切れぬ彼女が既に亡くなっていることであろう。現実世界は彼にとっては絶望を呼び起こすだけの辛い世界であり，また愛する者がいなくなった空しい世界なのである。

　「現実の秘められた領域の発見」[14](R. ジャン)を目指したパリの夜の《地獄下り》は半ば失敗に終わったが，「メリノの娘」はネルヴァルを自身の心の「秘められた領域」へ導いたことになる。

C) 迂回／遅延

　クレピーで逮捕された話者は，クレイユが目的地だとすればまだ行程の途中にあることになる。だが実質的にはここで物語の輪は閉じていると考えていいだろう。話者がクレイユに着いた時にはかわうそ狩りは終ってしまっているし，会うはずだった友人も葬式で別の町へ出かけていて留守だった。剥製のかわうそを見たこと以外，クレイユでは何の出来事も語られないのである。ネルヴァル特有の不吉な《遅すぎ》の構図がここにもある。現実の進行から取り残され，すべてが手遅れなのである。

　友人宅で目にするかわうその《剥製》，友人不在の理由である《葬式》に「死の2重のイメージ」(J.-P.リシャール)[15]を見るとすれば，その空虚さと沈鬱さの対極にある生命の躍動こそ話者がクレイユで手にできなかったもの

ということになるだろう。この現実世界の生きた手触りとも言える。

　ただ，これまで見た通り，一方でこの遅延は半ば意識的なものであった。話者は自身の思いの中に姿を見せる別種の現実の方に心惹かれ，仮に無意識だとしても結果としてそちらを優先させたことで列車を逃し，馬車に乗り遅れたのである。それを考えればこの旅は実のところ，最初から話者が自身の心の中へ下りていくための旅であったのだろう。話者が目的地クレイユへ行くのにわざわざ遠回りするのも，真の目的地が地理的な彼方にではなく自身の心の内にあるのだとすれば不自然ではなくなる。作中では鉄道網の不便さや馬車で行く道路の悪さを遠回りの理由として挙げているが，旅の課題が自身の心の秘められた領域に到達することにあったのであれば，そのための時間は多いほど良かったであろう。逆に言えば，そうした《迂回》を必要とするほど話者の迷いは大きかったということである。

　これが『シルヴィ』の主人公の場合だと，幼なじみのシルヴィが住む村までパリから馬車を使って１直線に向かっている。この旅に迂回も躊躇もないのは，少なくともこの時の主人公には，思い出の地で思い出の娘と忘れていた愛を甦らせようとする気持ちに迷いがないからであり，その行程は実質上「空間の形をした時間」16) を遡り，過去へ戻っていくものだったからである。『10月の夜』の旅とは表面対照的のようだが，この主人公もやはり距離を行きさえすれば真の目的地，すなわち愛の甦りに辿り着けるわけではなく，そのためには別な行程を必要とするという点では同じである。さらに言うなら，主人公が本当に愛しているのは美しい城館の娘アドリエンヌであり，あるいはパリの女優オーレリーであって，村娘シルヴィへの愛というのは主人公が彼女たちへの希望を持てない想いに疲れ，その想いを断ち切るために持ち出された代償的な愛であった。シルヴィへの愛もその意味でいわば核心を回避したひとつの《迂回》なのである。

　この核心と迂回ということで言うなら，『10月の夜』のパリ→モー→クレピー→クレイユ（→パリ）という地図の上ではほぼ台形の旅行コースの中に隠れていて，作品で言及されなかった地域があり，それはネルヴァルの子ど

も時代の思い出が詰まったモルトフォンテーヌ，エルムノンヴィルなどの町
である。ネルヴァルはヴァロワ地方のある意味自己の聖地とも言うべき思い
出深い地域を避けて旅したことになる。話者の訪れた町それぞれについて，
モーは「喜劇と夢と現実の恐るべき混合」（19章）の町とされ，クレピーは
旅行許可証の不携帯で旅人を牢屋に入れるなど「寛大さ」（24章）に欠ける
町，そしてクレイユについては何の感想もない。しかしJ.-P.リシャールはク
レイユも含めたこのヴァロワ地方はネルヴァルにとって「魔術的な力を秘め
た禁断の地域，空間と記憶とが折り重なる二重の深みの中心地」[17] と説明し
ている。生半可な気持ちでは訪れることができない，ネルヴァルにとっては
自身の核心に触れる地域だということであろう。

　もっとも，ネルヴァルはこの後『散策と回想』において，『10月の夜』に
よって得た自己の深淵への眼差しを今度は自身の過去，とりわけ幼年時代に
向け，散策のスタイルも「気ままな放浪から記憶の世界への遠出」[18] へと変
化させ，あるいは『10月の夜』でも見られた「街の放浪を通した記憶の放
浪」[19] という手法によって，さらに自身の奥底へ下りていこうとする。また
『シルヴィ』においては，『10月の夜』で迂回したヴァロワ地方の自己の核心
とも言える地域を物語の舞台として取り上げ，自身の過去とオプセッション
に正面から向き合おうともする。

　『10月の夜』に見られた自身の特異な現実感覚に対する自覚と戸惑いは，
そこから自己肯定の安心へ到ろうとする模索の中で，一方では自身の成り立
ちを探る過去への眼差しとなり，もう一方では自身がより現実感を持って受
けとめることができる心情と精神の世界の深化を目指すことになる。『10月
の夜』に始まるこの2つの方向性はこの後それぞれ『シルヴィ』と『オーレ
リア』において，（R.ジャンの言葉を借りて言えば）「最高の完成度に達す
る」[19] こととなる。

おわりに

　この物語はかわうそ狩りが未遂のままで終わるに到った経緯を語り，また
その未遂の理由を話者が自己の内面に認識していくプロセスを語るもので
あった。あるいは，話者の表面の企てとそれを阻む内心のオプセッションと
の対立のドラマであったとも言える。遅延の原因となった出発の遅れ，遠回
りの行程などは，たとえ無意識であったにせよ，彼にとっては自らの隠れた
目的に沿う，ほとんど不可避なものであった。話者が旅の果てに辿り着いた
のが干からびた《剥製のかわうそ》であり葬式で《不在の友人》であること
は，単に距離を行く現実の旅が話者にとっては既に興味の外にあり，生命を
失っていたことを象徴するものであった。また遅延に繋がった彼の特異なも
のの考え方，生き方に潜在する現実からの遊離，それが当の現実生活におい
て彼に何をもたらすことになるかをあからさまに突きつけるものでもあっ
た。

　本来なら生き生きと心身を揺り動かす力を持つはずの現実が，もはやその
ままでは単なる物質的な現実，干からびた剥製でしかなくなっていたとすれ
ば，行く手に待つのは荒涼とした風景でしかない。生きるには何としてでも
自身の心が躍動する別の現実を見いださなければならないのである。話者が
「かわうそ狩り」と引き換えに体験したものが「パリの夜」，そして「メリノ
の娘」だったことを考えれば，その別の現実というのはたとえば目の前のパ
リと記憶の中のパリが2重重ねであらわれてくる世界であり，非現実で怪奇
な「メリノの娘」が心惹かれる美しい「ヴェネチア女」に，さらには作者ネ
ルヴァルが愛した女優ジェニー・コロンとも重なるような世界である。それ
はすなわち自身の脳裏を舞台として展開する世界ということになる。現実世
界から心躍らす確かな手応えを得ることができないネルヴァルには，幻想と
も妄想ともつかない自己の内奥の真実を追究する以外に道がない，という事
態がこうして生まれる。

他の作品との関連でいえば，前にも述べたように，そうした自己本来の姿を見つめ直そうという姿勢から，『10月の夜』で回避していたエルムノンヴィル，モルトフォンテーヌなどの自己の聖地への回帰がなされ，『散策と回想』や『シルヴィ』が生まれることとなった。また，自己の想念世界を信じる以外に道はないとの確認が，夢と現実とが奇妙に混ざり合った『オーレリア』を準備したのである。『10月の夜』が『オーレリア』の「陰画」[20]，あるいは「序曲」[21]と言われるのはそうした事情からで，『10月の夜』において《自分の》現実を模索した結果が必然的に『オーレリア』への道を拓くことになったのである。

会うことができなかった《不在の友人》というのは，こうした自分ひとりの世界に入って行こうとする話者の孤独で不安な気持ちに映った，これからの寂しい風景を象徴するものであったのだろう。

（論文初出　1983年）

【注】

使用テキスト：Gérard de Nerval ; Œuvres I (La Pléiade, Gallimard, 1974)

1) Béatrice Didier：Les Filles du feu (Gallimard, 1972), préface.
2) Léon Cellier：Gérard de Nerval (Hatier, 1974) p.127
3) Ross Chambers：Gérard de Nerval et la poétique du voyage (José Corti, 1969) p.173
4) La Revue Britannique 1852年7月号の La Clef de la rue ou Londres la nuit（「街の鍵，あるいは夜のロンドン」）
5) Charles Baudelaire：Les Fleurs du Mal, Tableaux Parisiens（「パリ風景」）LXXXIX, Le Cygne
6) Guy de Maupassant：Pierre et Jean 序文の Le roman（「小説について」）(Classiques Garnier, 1959) p.12
7) Jean Richer：Nerval, Expérience et Création (Hachette, 1970) p.405
8) ibid. p.405
9) R. Chambers：op.cit. p.332
10) Raymond Jean：La Poétique du désir (Seuil, 1974) p.73
11) J. Richer：Gérard de Nerval (Seghers, 1968) pp.104-105

12) Jean-Pierre Richard : *Poésie et Profondeur* (Seuil, 1976) p.28

13) R. Chambers : op.cit. p.336

14) R. Jean : op.cit. p.78

15) J.-P. Richard : op.cit. p.28

16) Kurt Schärer : *Thématique de Nerval ou le monde recomposé* (Minard, 1968) p.76

17) J.-P. Richard : op.cit. p.27

18) R. Jean : op.cit. p.73

19) obid. p.74

20) L. Cellier : op.cit. p.530

21) J. Richer : *Nerval, Expérience et Création* p.410

アラン゠フルニエ

『グラン・モーヌ』
—— 憧れに生きる者 ——

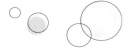

はじめに

　アラン゠フルニエ Alain-Fournier（1886-1914）の『グラン・モーヌ』*Le Grand Meaulnes*（1913）は，青少年期の魂の冒険をめぐる物語である。

　内気な15歳の少年フランソワが住む田舎町サント゠アガットの学校に2歳年上の逞しく活気溢れる少年モーヌが転校してくる。フランソワの父親が教員をしているその学校の校舎はそのまま家族の住まいでもあり，フランソワは寄宿生として一緒に住むことになったモーヌと友だちになり，彼の冒険に巻き込まれていく。物語の中心にあるのは，モーヌがある日遠出をして道に迷った挙げ句，見知らぬ館で出会った美しい娘イヴォンヌへの恋心であり，そこにイヴォンヌの弟フランツの失恋の悲劇が絡んでくる。モーヌの恋もフランツの恋も，基本的には語り手であるフランソワの目を通して語られるのだが，2人の友人であるフランソワ自身も当然それらの恋の成り行きと無関係というわけではない。

　熱情を思い切った行動に移す意志的なモーヌ，思い詰めて自殺を図ったり旅芸人の一座に身を投じるなどの極端で奇矯な振る舞いを見せるフランツ，そしてその2人や美しいイヴォンヌとの交流を抑制のきいた《語り》で伝え

る堅実で，ある意味平凡なフランソワ。これら主な登場人物３人の静と動の
コントラストを織り込みながら，物語はモーヌがイヴォンヌとの再会を求め
て企てる数々の《冒険》，そしてその恋の結末を語っていく。

　青春期の熱に浮かされた恋とも見えるモーヌの恋心は，しかし，イヴォン
ヌとの再会が叶い，彼女の方も一度会ったきりのモーヌに好意を寄せていた
ことが明らかになる辺りから，何とも知れぬ歪みのようなものを見せ始める。
探し求めていたイヴォンヌに辿り着き，恋が成就しようかという時，不思議
なことに，モーヌの姿にはかつて彼女を探し回っていた頃の熱情に比例する
ような喜びが見られず，むしろ苛立ちにも似た不機嫌さのようなものが感じ
られるのである。イヴォンヌが横にいても，まるで求めていたものへ未だ到
達していないかのようであり，その不可解さによって物語の終盤にはどこか
われわれを戸惑わせる不透明感が生まれている。

　もちろん，物語はモーヌのこの態度の理由となるようなことを語っていて，
それはたとえば，モーヌがパリでイヴォンヌを探していた時に彼女が既に結
婚してしまったと間違って教えられ，それを教えたお針子ヴァランチーヌと
その後深い仲になっていたことがひとつ。もうひとつはそのお針子ヴァラン
チーヌが実はイヴォンヌの弟フランツの錯乱と出奔の原因となった彼のかつ
ての婚約者だったと後で分かったことである。知らぬこととはいえ友人フラ
ンツを裏切ることになり（フランツは婚約披露宴を逃げ出したヴァランチー
ヌをまだ愛し続けていた），また誤解がもととはいえ愛するイヴォンヌを裏
切るようなことをしてしまい，そうした過ちに対する自責の念があるために，
イヴォンヌとの再会を手放しで喜べないというものである。

　この説明で納得できなくはないのだが，それでも，モーヌがイヴォンヌと
の再会の場で初めて出会った時のことばかり話題にしたり，余り嬉しそうな
様子もないままイヴォンヌと結婚したり，しかもその後すぐに彼女を置き去
りにして旅立つなど，どこかすっきりしない印象は残る。この旅立ちがフラ
ンツとヴァランチーヌを再び結びつけるための，つまり２人への贖罪の旅だ
とされていても，モーヌの姿から受けるちぐはぐな印象が完全に消えること

はない。そしてモーヌが旅立った後には，身ごもっていたイヴォンヌが女の子を出産し，その難産のせいであっけなく亡くなってしまう展開が待っていて，これも物語当初の夢と熱情に溢れたモーヌの恋という印象からすれば余りに寂しい結末と言わざるを得ない。

　たしかに，物語に漂うこうした不透明感，曖昧さといったものは，いわゆるアラン＝フルニエ流の神秘的な象徴性といった言葉に置き換えられ，作品の魅力のひとつとして肯定的に捉えられることが多い。そうだとしても，物語にどこか分かりにくさが残ることに変わりはない。ただ，物語にあるこうした曖昧さというのは，よく考えてみれば主人公モーヌの行動と心理の曖昧さとほとんどパラレルなのであり，その点からすれば，モーヌという人物について考えを深めることがこの物語のより平明な理解に繋がるのではないかとも思える。本稿では4つの観点からこの問題を検討してみたい。

I　出発

　総体として見れば，『グラン・モーヌ』はモーヌの絶えざる《出発》をめぐる物語，と要約されるだろう。物語はいつも彼の出発を契機として始まり，彼の帰還を転回点として新たな展開を見せるという構成になっているからである。あるいは，物語全体がモーヌの出発に向けて不断の待機状態にある，と言い換えることもできる。

　授業中は教室の窓から絶えず外を窺い，授業が終わればクラスの仲間たちに「さあ，出発だ！」（1部2章）と叫んで彼らを遊びや冒険へ誘い出すモーヌは，すでに最初からいわば《出発》のオプセッションに取り憑かれた人間のように見える。作品の舞台である田舎町サント＝アガットへ転校生としてやって来たことも，彼には以前の世界からの出発であったに違いない。

　そのモーヌが企てた出発と呼べるものは，未遂に終わったものまで含めると5度にわたる。

アラン＝フルニエ：『グラン・モーヌ』　*75*

1度目はモーヌが美しいイヴォンヌと出会うきっかけとなった出発である。1部4章の章題「脱出」が示すように，モーヌは午後の授業を無断で欠席し駅までフランソワの祖父母を迎えに馬車で向かったのだが，まだ不慣れな土地のため途中で道に迷い，夜になってフランツの婚約披露宴が行われようとしていた館に迷い込むことになる。そこで婚約者に逃げられて絶望の中にあるフランツとその姉イヴォンヌに出会い，彼女の美しさに魅了される。以後の物語がモーヌのこの恋心を中心として展開する，その始まりとなる《出発》である。

2度目の出発は，イヴォンヌが折に触れてパリに滞在する際の住所をフランツから教えられたモーヌが，彼女との再会を願ってパリの学校に移るという大胆な行動に出ることで起きる（2部10章）。それまで，イヴォンヌと出会った館にもう一度行こうと地図を調べたり歩きまわって探したりしていたのだが，どうしても見つけられなかった。そこで，パリでの再会に賭けたのである。

3度目の出発は物語も後半に入った3部4章にある。ただ，これは未遂に終わる。モーヌはパリでフランツのかつての婚約者ヴァランチーヌと知り合い，それと知らずに愛し合う仲になっていたが，ある時真相を知ると彼女を捨てるようにして別れていた。ここでの出発は，自身の犯した過ちを償うために，行方が分からなくなった彼女とフランツを探し出し，2人を再び結びつけようと意図してのものだった。しかし旅立ちの直前に，数年ぶりで訪ねてきたフランソワから，結婚しているとばかり思い込んでいたイヴォンヌがまだ独身であること，そして間もなく行われる野遊びの会に彼女が来るし，モーヌも招かれていることを知らされ，旅立ちを取りやめる。正確には延期した，と言うべきだろうか。というのは，イヴォンヌと結婚した直後，モーヌはやはりこのヴァランチーヌとフランツを探す旅に出るからである。

4度目の出発は，従って，モーヌがイヴォンヌと結婚した翌朝ということになる。実は結婚式当日，旅芸人の一座に加わって放浪していたフランツが2人の住む家の傍まで来ていて，「ウ，ウー！」（3部8章）という叫び声で

モーヌを呼んでいた。以前この呼び声を聞いたらフランツのもとに駆けつけるという約束をしていたモーヌは，家の中でそれを耳にして外へ出るのだが，フランツはもういなくなっていた。しかし，フランツが今なお愛し続けているヴァランチーヌに会えなくて苦しんでいること，彼女を見つけてくれと訴えていること，それを（この時フランツと会った）フランソワから聞かされる。そこで，翌朝の旅立ちとなる。

　5度目の出発はフランソワの予感の内にある。モーヌが2年ばかりの旅から戻ってきた時，イヴォンヌは娘を残してすでに亡くなっていた。帰ってきたモーヌが小さな自分の娘を抱き上げるのを見たフランソワは，しかし，モーヌが娘と一緒に「新しい冒険の旅」（終章）に出発する姿を想像してしまうのである。フランソワから見たモーヌは常に旅立つ人なのである。

　こうしたモーヌの出発で特徴的なことは，これらが必ずしも《出発》という言葉から連想される明るい輝きとか，希望に満ちたものではなく，どちらかと言えば止むにやまれず今いる場を立ち去るというニュアンスが強いことである。あるいは，《今，ここ》にいる理由を超える何か別の思いがあり，その思いに導かれての出発なのである。

　モーヌとイヴォンヌの出会いに繋がった最初の出発でもそうである。彼が午後の授業を欠席してフランソワの祖父母を駅へ迎えに行こうとしたのは，みんなを出し抜いて驚かそうという腕白少年らしい思いつきからであり，何かに追い詰められてのことではなかった。ただ動機はそうであっても，道に迷い自分がどこにいるのか分からなくなった後のモーヌには，思いがけずそれこそ迷い込んだ未知の世界を行く《冒険》に胸を躍らせているところがある。他の者なら不安に脅えて来た道を戻って行くところだろうが，モーヌは逆に「どんな障碍があったって何かへ辿り着いてやる，どこかへ出てやる」（1部8章）という気持ちを強くし，前に進むのである。彼を前進へ駆り立てる何かが生まれている。

　結果として，平穏だが小さな学校生活を飛び出て未知の世界を経験したこと，そしてイヴォンヌへの恋心が生まれたことで，モーヌはこの出発以前の

モーヌとは別人になる。無邪気な腕白少年から自分ひとりの世界を抱える若者に変わって戻ってくるのである。

　従って，パリへ移るという第2の出発はイヴォンヌとの再会を求め，彼女への恋心を貫くためであり，フランツとヴァランチーヌを再び結びつけようとした第3の出発予定は贖罪のため，という風にどちらもそうしなければモーヌ自身の喜びや心の平安がないという切羽詰まった事情はあるものの，同時に，その実行については彼自身の決断次第というところがあり，つまりは目的を持った意志的な出発だと言える。結婚式翌日の第4の出発も同様である。

　とはいえ，モーヌの出発にいわゆる《脱出願望》が全くないかというと，そうとも断定できない。最初の出発で道に迷った彼があくまで前進することを選んだ理由には，《冒険》の先にある未知の世界，新しい世界への無意識の憧れが作用したと思われるが，その憧れとは単に物珍しい出来事や風景にとどまるものではなく，そうした新しい事柄を体験することで生まれる新しい自分への期待でもあっただろうからである。言い換えれば，モーヌには現在の自分からの脱却を願う気持ち，具体的に何が気に入らないということではなく，ただ新しい自分とその自分が生きるべき世界を見つけ出したいという欲求が潜在していたのだろうということである。それは思春期の若者によく見られる《今，ここ》にいる自分への不満，現状拒否ともなり得るし，《出発》あるいは《脱出》という形での《変化》を求めることにもなるのである。

　この構図は結婚式翌日の旅立ちにも当てはまりそうである。モーヌは長いこと切望していたイヴォンヌとの愛の生活がこれから始まろうというところで，この幸福の場から慌ただしく立ち去っていく。表面的には，この旅立ちはフランツとヴァランチーヌを探し出して連れ戻すためであり，2人への背信の罪を自分の幸福を犠牲にしてでも償おうとするものである。しかし果たしてそれだけなのか。

　彼に出発を決断させた直接のきっかけはフランツの「ウ，ウー！」という《呼び声》だった。《呼び声》を聞いたらフランツを助けに駆けつける，というかつての約束の履行を迫るものとしてモーヌはこの《呼び声》を受けとめ

たわけだが，それは同時に，モーヌの中でくすぶっていた脱出への欲求に火をつけるものでもあったのではないか。イヴォンヌはモーヌのこの旅立ちをはっきりと《逃亡》と感じている。孤独の中でひっそりと暮らす彼女は，訪ねてきたフランソワにモーヌの旅立ちの理由をこう語るのである。

　　「わたしたちはあの人にこう言っていたことになります。―これがあなたの幸福ですよ。これがあなたが若い頃にずっと求めていたものです。ここに，ほら，あなたの夢の全てだったあの娘がいますよ！
　　こんな風に肩を押されたりすれば，誰だってためらったり不安になったりそして最後には恐くなって，逃げ出してしまいたくなりますよね！」
（3部11章）

　これだとモーヌは押しつけの幸福から逃げ出したということになる。決定論的な決めつけを嫌って内発的な思いに従う生き方を選んだとも言えそうである。この逃亡的出発というイメージは，物語の最後，モーヌが幼い娘を伴って新たな旅に出るのではないか，というフランソワの予感の中にもある。これはフランソワによって「新しい冒険の旅」への出発という風に語られてはいるが，しかし，この出発が無条件に明るいものになるかというと，その難しさの方に目が向いてしまう。というのは，モーヌにはおそらく新妻イヴォンヌを置き去りにし孤独の中で死なせてしまったことへの悔恨や罪意識が生まれているだろうし，自らの恋の思いがけない悲しい結末に打ちのめされてもいるだろう。そういう意味では，この旅が傷心の旅となり，辛い思い出から逃げるためのものとなる可能性も強いのである。
　もちろん，モーヌの腕の中には嬉しそうにはしゃぐ幼い娘の存在があり，これを親子の将来に関してひとつの明るさを予感させるものと考え，モーヌが娘のために生きる，娘と一緒に生きるという新しいモーヌに変わっていくことも想像できなくはない。いずれにしても，この「新しい冒険の旅」もこれまでのモーヌの幾つかの《冒険》と同様，安易なものではないと思われる。

II　願望

　ともあれ，こうしたモーヌの出発の在り方を見ると，われわれは彼のいわ
ゆる行動原理のようなものを理解するには何か別の考え方が必要なのではな
いか，端的に言えば，こうした出発は彼の願望の特異な在り方が関係してい
るのではないか，という思いに導かれる。

　モーヌの願望とはどのようなものだったのか。それをモーヌがあの謎の館
へ戻って行くために作成しようとした地図のエピソード，及び，イヴォンヌ
を求めてパリに移り住んだ後の生活（これはフランソワ宛の手紙で語られる）
をもとに，対象との関係という観点から見てみたい。

　先ず地図のエピソードだが，これほどモーヌと対象との関係を象徴的に示
すものはない。数日間の《脱出》の後サント＝アガットの学校へ戻ってきた
モーヌは，毎夜，出発の身仕度を整え，フランソワと共同の寝室である屋根
裏部屋を歩きまわりながら，必死になって謎の館に通じる道筋を思いだそう
とする。行きも帰りも馬車で眠ってしまったせいで，あの館がどこにあった
のか，どの道を行けばいいのか分からないのである。地図帳を見て調べもす
るのだが，やはり空白は埋まらない。ろうそくの火で壁に映し出される夜毎
のモーヌの「巨大な影」（1 部 7 章）は，フランソワにとってモーヌが《脱
出》以来すでに少年の域を超えた大きな存在，得体のしれない未知の領域を
持ち始めた人間になっていることを示している。

　完成すれば夢のすべてが実現されるかのように，モーヌは異常なまでに館
へ向かう地図の作成に熱中する。クラスの仲間たちと以前のように交わるこ
ともなくなり，教室世界とは別の次元にいるかのように，ひたすら地図の空
白を埋めることを渇望するのである。しかし結局，地図は完成することがな
い。イヴォンヌの弟フランツが正体を隠して学校にあらわれ，モーヌの地図
の空白部分の 1 部分を埋めてくれることはあったが，なぜかすべてを教える
ことはせず，ただイヴォンヌがパリに出た時の住所だけを伝えて去るのであ

る。そのため，いくら歩きまわっても地図を頼りに館を見つけ出すことはできず，モーヌはパリ行きを決意せざるを得なくなる。それでも，館を見つけ出しイヴォンヌを見つけ出そうとするこの地図作成の話は，まるで宝探しのような期待と謎に満ちていて，モーヌが探索を諦めてパリへ旅立つ2部10章まで物語を引っ張る大きなテーマとなっている。

　そして，モーヌがいつも所持し，事あるごとに覗き込むこの未完成の地図にこそ，実は，最もモーヌ的情熱があらわれていると言える。興味深いことに，モーヌが最もモーヌらしい姿を示すのは，あるいは彼の全存在がこの上ない充実の中にあるように見えるのは，求める対象が手の届かない彼方にある時，そしてその距離を縮めようと努力している時なのである。

　同じ姿が，モーヌがパリからフランソワに宛てた手紙の中にも認められる。

　イヴォンヌを見つけようと，モーヌはパリに着くとすぐフランツから教わった住所を訪れる。イヴォンヌがパリに滞在する際の家である。しかし窓のカーテンはみんな閉まっていて，夜も灯がともらないその家には誰もいる気配がない。それでも，窓辺にいつか彼女の姿が見えるのではないかと期待し，毎晩その家の前まで通うのである。ある時，同じように近くのベンチに座って誰かを待っている風の若い女がいて，モーヌが彼女にその家のことを尋ねると，この家の娘は結婚した，と聞かされる。実際にはそれは間違いだったのだが，モーヌは信じて茫然となる。それが6月のことで，しかし奇妙なことに，11月になってもなお彼はこの家の前に通い続けるのである。

　　　僕は，相変わらずあの窓の下に通っている。（……）僕はもう何ひとつ
　　希望は持っていないけれど，気が狂ったようになって，まだ待っている
　　のだ。（……）僕はまるで，死んでしまった息子がやってくるのではと
　　しょっちゅう戸口に立ち，手をかざして駅の方を眺めていたあのサン
　　ト＝アガットにいた狂女のようだ。（2部12章）

　ちなみに，この時ベンチで誰かを待っていた娘はフランツのかつての婚約

者ヴァランチーヌであり，彼女は結婚が怖くなって逃げ出したにも拘わらずフランツへの愛情は残っていて，彼に会えるかと期待してこの家の前に来ていたようである。モーヌと同様に彼女も自分の気持ちを持てあまし，理屈に合わないような行動をしていたことになる。恋とはそういう矛盾に満ちたものと言ってしまえばそれまでだが，モーヌの偏執的とも言える振る舞いにはそれだけでは片づけられない何かがあるように感じられる。

　前にも述べたように，モーヌが最も激しく自己の願望の虜になり，対象への想いに駆り立てられるのは，まさにその対象が遠くにある時であった。モーヌには，対象への接近が阻止されている時にこそ欲求が高まり，そうした自己の思いの圧力が高まった状態で生きることを自己の生き方として求めているところがあるのではないか。イヴォンヌの結婚話に打ちのめされ，希望もないまま彼女の家の前に通うモーヌには，ある意味その絶望感の強さによって，希望に胸を膨らませて通っていた頃と同じくらいの奇妙な充実感があったのかも知れない。そして，逆説的ではあるが，幸福であったかと思われる。モーヌ的情熱とは遠くにある対象への渇望と同義なのであり，この渇望の中にある希望や苦悩こそまさにモーヌをモーヌたらしめているものと言うことができる。

　こうしたモーヌの在り方をどう理解するべきなのか。R.ジラールRené Girard は《願望》に係わる理論を展開する中で，ドン・キホーテや『赤と黒』の主人公ジュリアン・ソレルの願望の形を分析し，彼らをマゾヒストと呼んでいる。彼らが立ちふさがる障碍や自身の願望の不可能性を前にして示す矛盾に満ちた気持ちの高揚を問題とする限りにおいて，その判断は間違っていないように思われる。R.ジラールのこの見解が興味深いのは，モーヌにも彼らと似た傾向が見受けられるからである。

　モーヌは求めてきた夢が現実になろうとすると，そこから逃亡してしまう。願望の対象との間に距離があり，未到達の状態の時の方が，満たされぬ思いや期待の心が激しく彼の生命を躍動させるのである。到達は必ずしも彼の充足には繋がらないようなのである。こうした，望みながらも望まない，とい

う相反的な心理をR.ジラールは次のように説明している。

　　ある男が自分ではきっと石の下に隠されていると思う宝を探しに出か
　ける。ひとつまたひとつと多くの石をひっくり返してみるが，何も見つ
　けることができない。こんな空しい企てはもううんざりだと思うけれど，
　諦められない。というのも，この宝は諦めてしまうにはあまりに貴重な
　ものだからだ。それで彼は今度は，〈重すぎてとうてい持ち上げられない
　ような石〉を探し始める。自分の全ての希望を賭けるのは，今度はその
　石に対してなのである。自分に残っている力を費やすのは，その石に対
　して，ということになる。
　　マゾヒストとは　―というのも，今，言ったような人間がそうだから
　なのだが―　まず，何よりも空しさにすっかり慣れきった人間のことだ。
　それは，こんな風に際限もなく石をひっくり返しているうちに　―それ
　はまた，「ああまた見つけることができなかった」と思い続けるうちにと
　いうことなのだが―，最後には「今度も無い方がいい」などと思ってし
　まう人間のことなのである。このような挫折を通じてのみ，マゾヒスト
　は真の意味での至高のもの，彼の企ての失敗こそを成功とする何かを見
　出すのである。[1]

　モーヌがこうしたタイプにすべて当てはまるとは言えないにしても，すで
に結婚した（と思っている）イヴォンヌの家に空しく通い続ける心理，また後
のようやく手にした幸福をたやすく手放す心理などを理解する上でひとつの
参考にできそうである。マゾヒストかどうかはともかく，モーヌにも空しい
試みに身を投じたり，達成だけが成功とはならないところがあるからである。
　どうやら，フランソワの中でのモーヌのイメージがそうであるように，
モーヌは冒険者ではあっても開拓民ではないようである。開拓民は切り開い
た土地に留まり耕すことで幸せを築こうとするのだが，冒険者は目的地に到
達するまでの労苦にこそ幸せを味わい，目的地に到ればそこを立ち去り，次

の冒険に旅立つのである。

この観点からすれば，モーヌが幸福を前にして尻ごみし，ためらい，拒否する理由についてまた違った見方ができそうである。結婚式翌日の「永遠に帰ってこないだろう」（3部11章）旅へとモーヌを駆り立てたものは，もちろんフランツとヴァランチーヌへの罪意識もあるだろうし，フランツの《呼び声》もあっただろうが，それがすべてというわけではなく，それらをきっかけとし口実とする，モーヌ自身の新たな旅立ちを求める内心の声もあったのではないか，ということである。

その意味で，モーヌの《出発》には自分を縛る何かからの《逃亡》という要素が常に見え隠れしている。モーヌが不思議な館を発見する契機となったあのサント＝アガットの学校からの出発が，フランソワの口からはっきりと《脱出》と語られていたのは理由のないことではなかったのである。

同時に注目されるのは，こうした《出発》の裏側に秘められた《逃亡》の要素が，たとえば逡巡，回避，後退など目の前の現実に対する何らかの拒否的な形態を取って，他の登場人物たちにも共通して見られるということである。しかもその際，この拒否がある種の罪意識，さらに自分が幸せに値しないという《資格》の問題を伴っていることは興味深い。

モーヌに捨てられた形のイヴォンヌでさえ，先の引用文から窺えたように，自分との結婚こそが幸福であるはずだ，というモーヌへの暗黙の押しつけによって結婚や幸福を喜びではなく義務に変え，愛を息苦しいものにしてしまったことを後悔している。そして「罪あるものは，わたしひとりです」（3部11章）と語るのである。

フランツの婚約者だったヴァランチーヌの場合は言うまでもないであろう。「（彼女は）目の前にあらわれた幸福を受ける資格が自分にはないと考えているようだった」（3部14章）と説明されているように，彼女がフランツとの婚約披露宴に来なかった，というよりも逃げ出したのは，フランツから聞かされた披露宴の盛大さや2人で住む森の中の家などの華やかな世界と貧しいお針子の自分との間に不釣り合いを感じ，怖くなったからだった。

では，冷静な語り手としてのフランソワの場合はどうだろう。彼もまた，未完成の地図を手にしたモーヌからすぐにも探索の旅に出発しようと誘われながら，何やかやと理由をつけ2度にわたって逃げている。フランソワにもモーヌと一緒に出発したいという気持ちはあるのだが，実行には踏み切れないのである。その点では，自分の思いをまっすぐ実行に移す冒険者モーヌの対極にフランソワはいることになる。実はこの物語そのものが，フランソワがイヴォンヌに対して抱いていた《告白されなかった》恋心の物語という側面があるので，その意味でも彼はタブーの意識に縛られて現実から逃げ，自らの想いから逃げ続けてきた人物ということになる。

　　　彼女はわたしの友人の妻だった。そしてわたしは，決して口にすることのない深くひそやかな友情で，彼女を愛していたのだった。彼女を眺めているだけで，まるでおさな子のように嬉しいのだった。（3部12章）

こうした述懐に触れると，もしフランソワがイヴォンヌと結ばれていたらと想像したくなる。フランソワはモーヌと違って素直に目の前のイヴォンヌを愛し，共に暮らすことを喜びとしたのではなかろうか。

　最後に，フランツはどうかというと，彼は現実からの徹底的な《逃亡者》である。婚約者ヴァランチーヌに逃げられたことで自殺を図り，死にきれないまま旅芸人の一座に加わって放浪の生活を送っている。「ぼくはこれからは子どものように，ボヘミアンのように，遊びのためだけに生きるつもりだ」（2部4章）と語るフランツは，しかし，ヴァランチーヌへの想いを断ち切れないまま自暴自棄になっているだけで，もちろん少しも《遊び》を楽しめてはいない。ヴァランチーヌが身の丈に合わない結婚から逃げたように，フランツも辛い思い出から逃げようとしているだけである。現実に立ち向かうことを拒否して，自虐の中に沈んでいる。

　こうして登場人物たちは，いずれも多かれ少なかれ，自らが求めるものをつかみ損ねた状態にある。それ自体は人生の途上ではよくあることだとして

も，ただ，モーヌが求めているものについてはもう少し考えていく必要があるように思える。

III 憧れ

　幸福を前にした《逃亡》という問題に関連して，アラン＝フルニエの遺稿作品集『奇蹟』*Miracles*（1924）所収の『マドレーヌ』*Madeleine*（1909執筆）という小品に触れておきたい。散文詩といった趣のこの作品には特段のストーリーはないものの，「見つけることのできない神秘の王国」，「逃亡」，「出発」など，後に『モーヌの大将』を構成することになる幾つものテーマを見ることができる。興味を引くのは，ここに登場するマドレーヌという女性とトリスタンという男性が，2人ともそれまで愛と官能の世界を生きてきて，そうした地上的な幸福では満たされない思いを抱えていることである。本当に欲しいのはこれではないという思いから，普通に幸福とされるものからの逃亡が生まれ，2人の出発は真の満足をもたらすものを目指して，という展開になっている。モーヌの《逃亡》も同じなのかも知れない。幸福から逃げたように見えて，実際には，彼にとっては幸福でないものから逃げただけなのかもしれないのである。とすれば，彼の幸福は別のところにあるということになる。ではどこに，というのが問題である。

　『マドレーヌ』においては，そのマドレーヌという名前が《悔い改めた罪深い女》とされるマグダラのマリアを意味しているように，また人間を神の世界へ導く天使ガブリエルが最後に登場するところからも，その幸せは宗教的な意味合いで考えられているようである。これは作者アラン＝フルニエが聖母マリア信仰やこのマグダラのマリア信仰に傾倒し，地上的な欲望を天上的な純粋さへと昇華させる道を模索していた時期の作品だからだろう。しかし『グラン・モーヌ』については，そうした宗教性は少なくとも表立っては見当たらない。前にも述べたように，モーヌの行動には単に《罪意識》や

《贖罪》だけでは片づけられないところがあった。結婚式翌日の旅立ちがフランツとヴァランチーヌに対する罪滅ぼしのためだとしても，それは同時に，結婚したばかりのイヴォンヌを見捨てるという新たな罪を作ることになる。それでもモーヌは旅立ったのである。

　結論から言えば，おそらくモーヌは少年の日のあの憧れの中を生き続けたかったのであろう。イヴォンヌは彼の人生を活気づけるそうした大きな憧れをもたらした女性であったが，その昂揚感と彼女への激しくまた純な想いは現実に彼女が彼の妻となった時に行き場を見失ってしまう。というより，彼女に再会できる可能性が生まれた時点ですでにそれは起きていた。

　イヴォンヌが独り身であり，老齢の父親と2人でどこに住んでいるかも分かり，近々行われる野遊びで彼女に会えることを伝える「大変な知らせ」（3部4章）を携えて，フランソワが勇躍モーヌの家を訪れた時，モーヌはフランソワの期待に反して大喜びすることがなかった。代わってモーヌが示したのは狼狽，困惑，「不可解なためらい」（3部5章）である。それはおそらく突然一切の障碍が消え去って，憧れの対象への道が大きく開かれたことに対する戸惑いであり，また恐怖でもあったのだろう。モーヌは長いこと憧れの対象としてイメージを膨らませてきたイヴォンヌ，いわば夢想の中のイヴォンヌに慣れ親しんでしまい，現実のイヴォンヌというのはどこか他人のようになっていたのかもしれない。モーヌがイヴォンヌとの再会を手放しで喜べないのは，単にフランツとヴァランチーヌに対する良心の呵責からだけではなかったと思われる。

　さらに野遊びの日，実際にイヴォンヌと再会できた時のモーヌの態度だが，ここにもまた夢が叶った人とは思えない奇妙な苛立ちが見られる。昔を今に甦らせようとするかのように，初めてイヴォンヌと会った時の話ばかりして，彼女を辛い思いにさせるのである。というのも，この数年の間にイヴォンヌの家はすっかり零落してしまい，モーヌの思い出にあるあの館は取り壊され，一緒に乗った舟も売り払われ，池自体も泥沼に変わってしまっていたからである。モーヌの心を長い間捕らえていた謎と魅惑に満ちたあの館での思い出

は，今や魔法が解けたかのように，悲しい現実に取って代わられたのである。その落胆と苛立ちからであろうか，みすぼらしい年寄り馬が脚を怪我しているのを見て，モーヌはそれがイヴォンヌと年老いた父親の2人に残された唯一の乗馬だとも知らず，老馬を働かせる持ち主を非難する言葉を口にしてしまう。貧しい2人に惨めな思いを味わわせてしまう。

　モーヌは野遊びからの帰り道，気まずい別れ方をしたイヴォンヌ親子の質素な家を訪れ，「泣きながら」（3部6章）彼女に結婚を申し込む。この涙は話の展開からしてもちろん喜びの涙ではなく謝罪の涙であろうが，しかし何に対する謝罪なのか。表面上は，親子の今の貧しさを暴き立て恥をかかせることになった昼間の無礼を後悔し，謝っているように見えるが，それだけではないのかも知れない。心のどこかでは，かつてあれほど恋い焦がれていたイヴォンヌを今はそれほど愛していない自分に気づいて，あるいは，現実のイヴォンヌを思い出のなかのイヴォンヌほど愛せない自分に気づいて，その情けなさに泣いていたのかも知れないのである。以前の自分を裏切る，そんな今の自分であることを謝っていたのかも知れない。もしそうであれば，モーヌは憧れの世界が消え去った悲しみと，自分自身への疑いを抱えたまま結婚を申し込んだことになる。

　婚約期間の5ヶ月は，おそらくモーヌにとっては現実を受け入れ，夢想の中のイヴォンヌと同じように現実のイヴォンヌを愛せるようになるための努力の期間であったのだろう。しかしその試みは成功しなかった。それが結婚式翌日の旅立ちとなる。結局，イヴォンヌがモーヌの夢と希望を受けとめるべき存在であり得たのは，つまり彼女を想うことがそのまま彼の幸せであり得たのは，彼女が到達困難な遠くにあった時であった。憧れの対象として夢想の中にあったからこそ，彼女は彼の熱愛の対象であり得たのである。

　　僕は今ではこう思っている。あの見知らぬ館を発見した時，僕はもう再び到達できないであろうようなある高み，完璧さと純粋さの極みにいたのだ。そして，君の手紙にいつか書いたように，死んでからでなけれ

ば，あの頃の美しさを見いだせないような気がする。（3部4章）

　比喩的に言うなら，モーヌはあの夜おとぎの国に迷い込んだのであろう。大きくて古びた館，主賓が不在のまま行われる奇妙な祝宴，朝の舟遊び，別荘に続く森の道の散歩，ポニーに乗って競争する子どもたち，全てが謎と驚きに満ちたこの世界に美しいイヴォンヌはいた。そして彼女と舟の上で見つめ合い，森の道で言葉を交わし，その美しさに心奪われたモーヌがいた。それら全てが《イヴォンヌへの愛》という名においてモーヌが戻って行きたいと願う世界だったのである。謎めいた特別な状況が作りだしたその時限りのイヴォンヌの魅惑であり，その時限りのモーヌの昂揚感であったのだが，モーヌはそれを絶対視し，執着し，魔法が消えた日常の平凡さの中にいるイヴォンヌにも，そして自分自身にも，あの日の戦慄にも似た輝きを空しく求めているのである。

　こう考えれば，結婚式翌日の唐突な出発にはもしかしてイヴォンヌを再び，あるいは永遠に遠い存在として置き直し，彼女への想いを再び燃え立たせようという屈折した動機も含まれていたのでは，とまで思いたくなる。もしそうだとすれば，モーヌが旅立った後のイヴォンヌの急死の意味合いも少し違ったものになりそうである。彼女の死は多分にモーヌの不在がもたらしたものであり，少なくとも大事な時に傍にいなかったという新たな罪意識を彼に呼び起こすことには変わりないが，しかし同時に，この死は彼女を本当にそして永遠に遠い人に戻すことにもなる。イヴォンヌには可哀想な想像だが，彼女の死はモーヌにとってただ不幸なだけではなかったかもしれない。

　A.ビュイジヌ Alain Buisine によれば，アラン＝フルニエの作品には性的な結びつきに対する忌避感が付きまとっているという。言い換えれば，彼が愛する女性は丁度モーヌの夢想の中にいたイヴォンヌのようにどこまでも美しく清らかな存在であり，たとえば使用人を雇えず自分で日用品を買いに店を訪れるようになった生活者としてのイヴォンヌ，結婚し，出産するといった性的存在としてのイヴォンヌ，そうした生身の女性の在り方は受け入れるの

に苦労しているということである。だとすれば，結婚したイヴォンヌに幸せが訪れず，死という形で物語から消えていったのは，ある意味やむを得なかったのかも知れない。[2] 妻となり母となり主婦となって生活するイヴォンヌを魅力溢れるイメージで包み込むにはまた別な女性観が必要であったろうが，作者はその間もなくこの作品の発表翌年，第一次大戦の戦場で亡くなってしまう。救いと言えば，ありのままのイヴォンヌに対しても優しい目を向け，密かな愛を寄せるフランソワの姿が，慎ましくではあっても，描かれていることであろうか。

Ⅳ　フランツ

　最後に，イヴォンヌの弟フランツが物語の中で果たしている役割を少し考えてみたい。『グラン・モーヌ』は田舎町で学ぶ思春期の少年に訪れた幻想的な出来事と美しい娘への恋心を語っていて，その展開を田園詩のように美しくまた悲しいものにすることもできたであろうが，物語の後半は困惑と絶望の色合いが濃くなっている。その原因のひとつがフランツの存在である。彼の常軌を逸した言動には絶望と自暴自棄の暗い影がいつも付きまとい，モーヌやフランソワをも巻き込んで，物語に不吉な不協和音を生じさせている。もっとも，それはまたこの物語を平板な青春恋物語に終わらせないことにもなっていて，その意味でもフランツの存在には無視できない重みがある。

　問題にしたいのは，フランツとモーヌの関係性である。これまで見てきたように，モーヌにとってのイヴォンヌは，生身の女性として彼の前に姿をあらわすのではなく，いわば永遠の憧れの対象として幻想の世界にいるべき存在だった。イヴォンヌがそうした彼方の存在であるために必要な2人の間の距離，それに関連する役回りをフランツが演じているように思える。気になるのはフランツの言動に見られる不可解さである。

　そのひとつは前にも述べた疑問なのだが，フランツがモーヌの学校に正体

を偽ってあらわれ，モーヌが持っていた未完成の地図の空白を埋める手伝い
をするものの，すべての空白を埋めるまではしなかったことである。館の息
子であるフランツなら，モーヌが住むサント＝アガットの学校から館までの
道筋を知らないはずはない。それなのに，自分もよくは知らない，と言って
地図に空白を残したのである。教えた道もあるいは偽りの情報だった可能性
がある。後でモーヌがその地図を頼りに歩きまわっても，結局館へ行き着く
ことができなかったからである。

　もうひとつの疑問は，イヴォンヌが普段住んでいるあの館の住所は教えず，
代わりに彼女が時たましか滞在しないパリの住所を教えたことである。フラ
ンツのこの情報提供とも隠し立てともつかない曖昧さをどう考えればいいの
だろうか。

　結論から先に言えば，フランツはモーヌを館と姉イヴォンヌから引き離そ
うとしたのだ，と考えるべきであろう。後年，フランソワも青年の年齢に
なった頃，昔の級友たちとの会話から偶然判明したのは，その館が実は全く
未知の館などではなく，友人のひとりも訪ねたことがあるということ，そし
てサント＝アガットの町からそれほど遠くない場所にあったということであ
る。モーヌが独力でその館への道を発見するのは，いわば時間の問題だった
のである。つまり，フランツが教えたイヴォンヌのパリの住所とは，モーヌ
をこの土地から引き離し，イヴォンヌから遠ざけるための罠であったという
ことである。

　さらに，モーヌとイヴォンヌの結婚式当日にも，フランツは「ウ，ウー！」
という呼び声でモーヌに約束の履行としての旅立ちを迫り，彼をイヴォンヌ
から引き離そうとする。フランツはモーヌとイヴォンヌの接近を阻む者とし
て姿をあらわしていることになる。

　言い換えるなら，フランツとはモーヌの憧れの世界が危機に瀕した時，つ
まりモーヌが現実のイヴォンヌに向き合わねばならない状況になった時，そ
れを回避するためにモーヌが呼び出す自身の内心の影とも言える存在であ
る。モーヌの心にある，現実に背を向け自らの思いの世界を生きたいという

アラン=フルニエ：『グラン・モーヌ』　*91*

願望を極限まで押し進めた姿がフランツなのである。

　結婚式の日，フランツの呼び声を耳にしたフランソワは彼のもとに駆けつけ，「幻想と子供っぽい遊びの時代は終わったんだ」（3部8章）と言いきかせるのだが，フランツは耳を貸さない。自分を不幸から救いだしてくれ，自分のためにモーヌは逃げ出した婚約者ヴァランチーヌを探し出してくれるべきだと訴えるばかりである。わがままな子どもそのままに，フランツはヴァランチーヌを求める自分の思い以外のことは意に介さず，みんなが自分のその思いのために尽力することを要求する。結婚したばかりの姉イヴォンヌもそのためならモーヌの旅立ちを止めはしないだろうと考えているのである。こういう自己中心的なフランツを見れば，彼が以前モーヌとイヴォンヌを会わせないように工作したのは，自分に徹底的に優しい姉をいつまでも自分ひとりのものにしておきたかったからなのかとも思える。

　しかしこの困ったフランツ，聞き分けのない子どものように自分の思いばかりを追いかけるフランツは，半ばモーヌである。モーヌが願う生き方も，かつて幻の館とそこに住む美しい娘を一途に恋い求めていたように，他のことは考えずひたすら自分の思いを生きることなのである。モーヌがフランツを無視できないのは，そうした自身の影をフランツに見出していたからであろう。

おわりに

　この世のすべては移ろい変化していく。謎の館からは謎が消え去り，その姿さえ今はない。夢のような美しさのイヴォンヌは普通の美しい娘に変わり，妻となり，母となって死んでいった。モーヌでさえひとときは別の娘ヴァランチーヌを愛してしまった。現実とはそういうものであろうが，モーヌはそうした現実を暗く沈んだ目で眺めている。その意味では『グラン・モーヌ』は「現実を受け入れることの無力を語る小説」[3]であり，モーヌの前にはも

はや味気ない世界が広がるだけのようにも見える。しかしモーヌは多分それだけではない。

　モーヌがサント＝アガットの学校に転校してきた時，みんなが彼につけた渾名が「グラン・モーヌ」だった。「グラン」には「背が高い」とか「偉大な」という意味があり，作品名にもなって翻訳では『モーヌの大将』と訳されたり『グラン・モーヌ』となったりしているが，要するに，大した奴だモーヌは，というみんなの賛嘆の思いがこの渾名になったのだろう。フランソワが言う「モーヌがぼくたちの生活にもたらした何か途方もないことのすべて」（３部１章）は，みんなの単調な日々を胸のときめく活気ある日々にしていたのである。だからこそ，モーヌがいなくなった後も，みんなは彼がいた頃の遊びと冒険で心躍った日々をまるで夢の別世界にいたかのように懐かしむのである。

　そんなモーヌであれば，たとえ青春の夢の寂しい結末と現実の味気なさに傷つくことがあったとしても，そこで陰気な厭世家になってしまうのではなく，現実を再び夢あるものにする「何か途方もないこと」を見つけ出して，それを生きようとするのではないか。その予感があって，フランソワは物語の最後，娘を抱いて「新しい冒険の旅」へ出発するモーヌの姿を思い描いたのだと考えることもできるのである。そしてその姿はこの物語を読み終えた多くの読者の期待でもあるに違いない。モーヌが変わらず「グラン・モーヌ」であるからこそ，『グラン・モーヌ』はいつまでも青春の書なのである。

（論文初出　1993年）

【注】

　使用テキスト：Alain-Fournier ; *Le Grand Meaulnes* (Classique Garnier, 1986)

1) René Girard : *Mensonge romantique et vérité romanesque* (Grasset, 1961) p.181
2) Alain Buisine : *Les Mauvaises Pensées du Grand Meaulnes* (Presses Universitaires de France, 1992) p.104
3) ibid. p.42

イスマイル・カダレ
『3つのアーチの橋』[1)]

はじめに

　イスマイル・カダレ Ismaïl Kadaré（1936 -）[2)] の作品は，古代ギリシャ，あるいはバルカン半島の古い伝説・神話を母胎とするバルカン的幻想に彩られてはいるが，その表面上の古色蒼然とした舞台装置や背景には，実のところ，極めて今日的な社会的・政治的問題が隠されている。そのことを理解しなければ，おそらく，カダレの作品そのものを読み誤ることになるだろう。

　たしかに，そこに描かれているのは，アルバニア固有の慣習法である「カヌン（掟）」Kanoun / Kanun の様々な倫理規定に縛られ，昔ながらの伝統に翻弄される個人の悲劇的運命のように見える。しかし，本当にそれだけだろうか。

　E.ファーユ Eric Faye はカダレの小説について，それらは《二重底の小説》であると言っている[3)]。カダレ作品は水面下にもうひとつ別の物語を内包しているということである。

　たとえば，カヌンに代表される古い伝統を個々人の思惑をはるかに超えた圧倒的な外部として呈示し，こうした外部の力と個人の対立を通して語られる個人の側の悲劇，というカダレ作品の構図がある。これはそのまま，1990

年代に入るまでアルバニアを支配してきた共産党独裁，ホッジャ政権下で民衆が置かれていた政治的・社会的な状況に移し換えられるものであろう。実際，そうした置き換えの読み取りを誘うような要素が作品中に多分に認められるのである。

E.ファーユはまた，カダレの作品群はたとえそれらが同質的なものであるにしても以下の４つのグループに分類可能であると指摘している[4]。

A）自伝的作品

B）全体主義についてのアレゴリー的文書

C）現代史に基づいた《歴史的小説》

D）一貫して追及してきたテーマに基づく小説群

E.ファーユはこのうち，B)の《全体主義についてのアレゴリー的文書》とD)の《一貫して追及してきたテーマに基づく小説群》をカダレの肉声が聴きとれる本質的なカテゴリーと考えていて，カダレ自身も同じ趣旨のことを語っている[5]。カダレ作品を理解しようとする時，表面の物語はいわば身にまとった衣装の魅力を放つものではあるが，だからといってそれがすべてというわけではなく，衣装の下にある隠れた身体，つまりカダレの《政治性》へも目を向けることが必要だということである。

とはいえ，もちろん，むき出しの身体は興ざめということもある。文学として表現する以上は，衣装，すなわち物語自体の魅力，面白さが先ずなければ，その奥を見ようという気も起きないだろう。

ここでは，小説『３つのアーチの橋』*Le Pont aux trois arches* (1978) について，その《政治的文脈》を念頭に置きながらも，先ずは物語としてどのようなものであるのかを見ていきたいと思う。

I

　この作品は，カダレの故国アルバニアが位置するバルカン半島に古代ギリシャ時代から伝わる「人柱伝説」をベースに，ある架橋工事にまつわる話を語るものである。

　この地方を流れる「呪われたウヤヌ川」Ouyane maudite に橋を架ける工事をめぐり，敵対する２つの陣営の対立が一方にあり，バルカン諸国とそこに支配の手を伸ばそうとするオスマン・トルコの対立がこれとパラレルに展開される。比較的明快な構図である。

　敵対する２つの陣営とは，長年この川の渡し舟と水運を一手に握っていた《渡し船・筏組》Bacs et Radeaux という組織と，この川にはじめて石造りの橋を建造しようとする《橋梁・土木組》Ponts et Chaussées という組織である。しかし，両組織ともその実体はよく分からないということになっている。

　物語全体に漂うこうした不透明感は，直接には《語り》がひとりのカトリック僧の視点からだけなされるという《限定》に起因するのだが，基本的にはこれはカダレの文学的手法のひとつであり，個人がわけも分からないまま大きな力に押し流されていく，というカダレ的コンテクストが要求する設定だとも言える。

　この語り手は，舞台となるアルベリー公国のカトリック僧院に住む修道僧で，橋の建造に絡んで起きる様々な出来事を目撃し，あるいは聞き知って，それらを記録する形で物語っている。従って，それらの出来事の全体的な構図や意味については，せいぜいのところ推測することしかできない。その点ではほとんど傍観者的な立場である。ただ彼は，一方では，ラテン語や外国語の知識の故に，領主から城内での外交の場に《通訳》として呼ばれ，一般民衆には窺い知れない政治力学の場に立ち会ったり，貴重な情報に触れることもある。問題の橋建造の交渉が行われた際もそうやって立ち会っているの

で，彼の推測はただの思いつきというレベルでもない。いずれにしろ，われ
われは彼の報告と推測を頼りに事件の意味を追うことになる。

　結果が出てはじめて，あるいは中心となるものが見えてはじめて，これま
での出来事の意味が浮かび上がってくることがある。それまでは，繋がりも
よく分からないまま色々な出来事が次々と目前に生起するという印象にな
る。この物語にある不透明感とはそうしたものであり，語り手が時間軸に
沿って物語っているせいもあって，かなり後にならないとその肝心なところ
が見えてこないところがある。

　謎のひとつとして，《橋梁・土木組》がなぜ莫大な資金と人手を投入して
橋を架けようとするのかがはっきりしない。出来上がった橋から通行料を得
るとしても，どれほどの利益が上がるのか試算もない状態で，なぜか《橋
梁・土木組》は領主に相当の額の土地代と税金を支払うという条件を提示し，
工事許可を願い出るのである。

　前述したように，この会見の場に語り手は通訳として立ち会っていた。架
橋の意図が不明であることを象徴するかのように，彼らの口から出てくるの
は通訳の彼にも全部は理解できない言語である。工事の発注者が誰なのか，
それも厚い《匿名性》6) に蔽われて正体不明である。

　この正体不明性は対立する 2 つの陣営の長どちらにも言えることである。
たとえば問題の《橋梁・土木組》の経営者についてはこうである。

　　　　男爵でも公爵でも大公でもない。ただの金持ちの男で，見棄てられて
　　　いたローマ時代の古いコールタール鉱山を最近手に入れ，また，同じく
　　　らい古い旧街道の大部分を舗装のために買い取った。肩書きはないが，
　　　金だけはある男……（pp.416-417)

また，対立する《渡し船・筏組》の経営者についても……

　　　　川，入江，湖の渡し舟は，素性も知れぬある男によってすべて買い占
　　　められていた。誰も彼の名前を知らないし，《渡し船・筏組》という名し

イスマイル・カダレ：『３つのアーチの橋』　97

か持っていないのではないか，とさえ人々は言っていた。（p.412）

　A.ゾトス Alexandre Zotos は，この２つの勢力の匿名的な在り方のうちに，現代資本主義社会の現実があらわれていると見ている[7]。作品で様々な事件が理由もはっきりしないまま，正体の知れない資本に操られるかのように継起する事情を考えてのことであろう。ともあれ，２つの勢力の対立は架橋工事の複数回に及ぶ妨害工作，そして悲惨な「人柱」が起きる背景となるものである。

　問題はこの「橋」が何を意味するかであるが，端的に言えば，バルカン半島を支配下に置こうとするオスマン・トルコの側から仕組まれたアルベリー公国侵犯の装置であろう。《橋梁・土木組》はオスマン・トルコの意を受けて橋建造に携わり，さらに，橋の他にも公国と周辺諸国を結ぶ旧道の整備工事を併せて行っていた。重大なのは，その道が公国近隣の港にも通じていることで，もし戦争となれば，オスマン・トルコは軍船を使って兵士を一挙にそこから上陸させ，整備された道と頑丈な橋を通って速やかに公国内へ侵攻することが可能になる。軍事侵攻の布石のひとつとして橋の建造があり，それが一連の出来事の意味を明らかにするいわば扇の要と言える。

　もともと橋を建造する話が持ち上がったのは，ウヤヌ川のほとりでひとりの旅人がてんかんの発作を起こして倒れ，そこに居合わせたやはり旅の占い師が，これは「呪われたウヤヌ川」に橋を架けろという天のお告げだと言い触らしたことからである。間もなく，この噂を聞いたといって《橋梁・土木組》が公国にあらわれ，お告げに従うことを領主に促す形で橋を造ることになったのである。てんかんもお告げも，すべてはオスマン・トルコが仕組んだと考えることができる。この推測を裏打ちするように，1377年３月から1379年12月までの２年余りの工事期間は，オスマン・トルコの眼に見えぬ触手が次第にその姿を露わにしていく過程でもあり，橋が完成すると間もなく突然７人のトルコ騎馬兵が姿をあらわし，橋を警護する公国の兵士と小競り合いを演じるのである。

工事のためにどこかからやってきた建設作業員たちの一団にしても，実際
には兵士ではないのだが，それでもどこか異国の軍隊のイメージと重なると
ころがあった。彼らの話す意味不明の言語，見慣れない服装，そして異形の
工事責任者……住民たちが遠くからただ見守る他はない彼らは，かつて東方
での戦いに敗れこの地を通ってヨーロッパへ帰って行った十字軍兵士たちの
惨めな姿と重なり合っていく。

　　兵士たちは，びっしょりと雨に濡れ，馬上で口を閉ざしたまま，のろ
　のろと進んで行った。鎧が擦れ，軋む音をたて，そこから錆の混じった
　水が滴り落ち，彼らはまるで血を薄めたかのような水で街道を染めなが
　ら，うめくような鎧の音を残して北へと向かって行くのだった。(p.427)

　だが，イスラム教徒との戦いに敗れたキリスト教徒兵士たちのこの姿は，
工事の作業員たちというより，実は，イスラム教徒の帝国オスマン・トルコ
の重圧に押しつぶされそうになっている公国の住人たちにこそ似つかわしい
ものである。1年前にはオスマン・トルコ側の総督のひとりから，同盟ない
し服従の誘いとも取れる，領主の娘への結婚の申し出がなされていた。
　その領主の娘は，2ヶ月程前から，原因不明の病気に罹っている。
　この場合，娘の病とは，アルベリー公国に迫り来るオスマン・トルコの影
に脅える国全体の集団的不安・危機意識のあらわれと解すべきかもしれな
い。領主がこの求婚を断固として断っていたにも拘わらず，物語の後半，住
民たちは彼女のことを《トルコ人のフィアンセ》という渾名で呼ぶのである。
民衆が無意識のレベルで，自らの国のオスマン・トルコへの屈従を予感して
いたことを示している。

　　この渾名を耳にして，わたしは震えあがった。(……) こうしたことす
　べては，既に公女個人の運命を超えて，アルベリー公国のすべての娘た
　ちの運命となることを，民衆たちは漠然とではあっても予感していたの
　ではあるまいか。(p.509)

イスマイル・カダレ：『3つのアーチの橋』　*99*

　架橋工事の進展はそのままオスマン・トルコの侵攻準備が整いつつあることと結びついていた。とはいえ，カダレ理解のためには重要な要素だと思われるのだが，作者はトルコ側の者たちを分かりやすい敵役にして，彼らをずる賢いとか残虐だと印象づけるような書き方はしない。

　カダレが語るのは，支配あるいは侵入のための入念で巧みな工作と，物語の終わり近く，トルコ側が仕掛けた威力偵察とも思える小規模な戦闘，そして去って行くトルコ騎馬兵の「クラアア！」craaa! という異様な叫び声，橋の上に彼らが残した血だまりのみである。剣がぶつかり合う戦闘の様子にしても，遠くからそれを眺める者の視線を借りて，「彼らは無言のサラバンド（スペインの舞曲）を舞っているかのようだった」（p.540）と描写される。殺し合いの激烈さを表に出さず，この侵攻があたかも夢の中の出来事であるかのように語るのである。

　現実なのに夢のようだ，というのが大きな災厄の特徴で，だからこそ恐ろしいということなのかも知れないが，　それでもカダレは，オスマン・トルコの侵入の形に一種の《美学》を見いだそうとしているようにも見える。カトリックの修道僧である語り手にさえ，次のような述懐をさせるのである。

　　　これまで，われわれはスラブ民族の凶暴な貪欲さに慣れていた。(……)
　　しかしオスマン・トルコの圧迫には，これとは違って，どこかにある種
　　の誘惑の匂いがあった。（p.527）

　　　あるいは……

　　　その東洋風の衣裳の下で彼らが腕の先に，はたして短刀を持っている
　　のか，あるいは一輪の花を持っているのか，見分けるのは難しい。
　　（p.442）

　架橋工事に従事していた得体の知れぬ集団は，住民に不安の影を投げかけながらも，最終的には，それまで多くの人命を奪い《呪われた》と形容され

ていたウヤヌ川に，少なくとも民衆の生活レベルでは有益な橋を完成させた。領主の娘への求婚も、実情は求めるものが支配ではなく同盟だと見せかけるための方策なのかも知れないが、少なくとも侵略の牙を巧みにカムフラージュするものであった。侵略の手法としては《野蛮》というより《洗練》を感じさせる。

　カダレ作品の特質は，まさにこのような点において認められるだろう。

　ソフィスティケートされた侵略を通して支配を確立していく。こうした手法に備わるある種の政治的《優雅さ》とは，カダレにとって，全体主義的独裁体制が個人を支配しようとする仕組み，その完成度が持つ《優雅さ》でもあるのである[8]。気がつけばいつのまにか個人の自由も独立も失われている、その恐ろしさをカダレは伝えたかったのであろう。

　物語全体を支配する「不透明感」，「不可解さ」，「意図不明」などのトーンは，そのまま，カダレが現実に生きてきた世界，正体の見えない力が個人を包囲するかつてのアルバニア社会の雰囲気だと言うことができる（『夢宮殿』 *Le Palais des rêves* (1981) では，そうした体制下でカフカ的実在を生きるしかない個人の無力感がさらに濃厚に描かれている）。

　カダレ作品に特徴的なこの《暗喩性》は，カダレの方法論としてそれだけで分析の対象になり得る問題である。先のE.ファーユがカダレ作品の独自性として挙げている《間テクスト性》intertextualité との関連で言うなら[9]，たとえば昔からの「人柱伝説」や遠い十字軍の記憶といった，それ自体は別の文脈を持つテクストを物語に取り込み，あるいは下敷きにすることで，物語に重ね絵的な厚みを与えているのは確かである。ただカダレの場合，そうしたテクスト内部に取り込まれたものとは別に，いわばテクストの裏側にもう一つ別のテクストが折り込まれている。前に触れた《二重底の小説》という表現に対応する要素である。再びE.ファーユの言葉を借りれば……

　　　全体主義に係わるテクストにおいては，あからさまには言えないことを言うためにカダレは寓話の形を借り，時代をずらし，また地名にも手

を加える。[10]

　別な物語を表面の物語の背後に隠すという手法は，全体主義国家の厳しい検閲制度のもとで執筆するカダレが，ある意味採らざるを得なかったスタイルだったのであろう。

II

　物語の主要な挿話のひとつとして，橋建造の途中で《橋梁・土木組》によって「人柱」にされた男の話がある。そのもとになった古くからの「人柱伝説」について，簡単に触れておきたい。

　「人柱伝説」は，古代ギリシャのイーピゲネイア伝説から派生し，バルカン半島において「シュコデル要塞伝説」として長く言い伝えられてきた。その内容は次のようなものである。

　要塞の城壁造りに携わる 3 人の兄弟石工がいた。彼らが昼間立てた壁はなぜか夜の間に崩れ落ちている。知恵者の老人が語るには，壁は生け贄を求めている，ということであった。3 人は話し合った末，彼らの妻のうち翌日食事を工事現場に運んできた者を犠牲にしようと決める。そして，このことは妻たちには明かさないという「誓い」（ベーサ bessa）を立てる。

　だが，年長の 2 人は「誓い」を破ってそれぞれの妻に秘密を打ち明け，彼女らはその日身体の不調を訴え，食事を末の弟の妻に運ばせるようにする。結果，彼女が生け贄として石壁に封じ込められる。ただその際，彼女は後に残す乳飲み子のために，自分の乳房のひとつを壁から出しておいてくれるように頼む。死んだ後も子どもに乳を飲ませようとするのである。そこで，完成した石壁には乳房ひとつだけが浮き出ていた。

　マルグリット・ユルスナール Marguerite Yourcenar の『東方奇譚』 *Nouvelles Orientales* (1938) の中に，この伝説をもとにした短編『死者の乳』

Le lait de la mort がある。ユルスナールは犠牲となる人物を，伝説の通りに，乳飲み子を抱えた若い母親としている。彼女はセメントの中に生きながらにして埋め込まれながら，死んだ後もなお，セメントの壁からはみ出した白い乳房で，幼い我が子に乳を与え続ける。美しい作品だが，やはり《奇譚》と形容する他はない物語である。

　カダレの場合はどうだろうか。

　ユルスナールや伝説と違って，カダレは，平凡なひとりの男が人柱になるように設定している。伝説を支える奇怪なエロティスムを排除しようとしたのであろう。もともとこの伝説の《見どころ》は，塗り込められた壁から浮き出た乳房の輝き，死後もなお乳を出し続けるその異様さなのだが，カダレはこれをいわばニュートラルな位置に戻している[11]。

　読者を引きつける意味では強烈な磁場とも言える《奇譚性》を手放したのはどうしてだろうか。答えははっきりしている。《エロティスム》や《奇譚性》という煽情的な要素に邪魔されず，「人柱」というものが本来持つ《むごさ》に読者の目を向けさせたかったのであろう。さらには，「人柱」まで利用して事を進める権力の《非情》を強く印象づけたかったのかもしれない。

　「人柱」というのは，ある強大な力によってその意志を封じ込められ，石化，固定化される個人の悲劇，つまりは，ある種の重圧的な体制の下で，自由に身動きも出来ず，押しつぶされそうになって生きる他はない者たちのメタファーと考えることができるのである。

　しかしながら，カダレの魅力はこのような《暗喩》の巧みさにだけあるのではない。

　前に述べたように，カダレは，橋上におけるトルコ騎兵とアルベリー公国警備兵との流血の争いを，まるで舞台の上の美しい剣の舞いでもあるかのように描いていた。そしてそれはそれで，真の災厄というのはある日突然まるで非現実であるかのように始まる，という恐ろしさを感じさせるものだった。同じように，この人柱にされて橋脚に埋め込まれた男の叙述においても，男の顔は石膏を白く塗られてそこだけ壁から浮き出ているとされていて，「人

柱伝説」のモチーフそのままに，死んでいても死んでいないかのような，また顔があることによって橋がそのまま人体と化したかのような，実に不気味な印象を残すものである。

　物語に戻れば，われわれが感じたこうした印象は，実は《橋梁・土木組》のもくろみでもあったろうと思われる。度重なる妨害工作に手を焼いて考え出した解決策が，橋をただの《もの》から《魂》を持った存在に変えることであり，そのための人柱だったのである。住民たちがよく知る男が埋め込まれたことで，いわば橋と《知人》が一体となってしまい，誰もこの橋を傷つけることはおろか，橋が出来上がった後もしばらくはその上を歩くことをためらうまでになったのである。

　ところで，この男がなぜ人柱となったのか，そのいきさつは語り手を含めて誰も分からないままである。

　もちろん，語り手は様々な可能性を考えている。そしてそれぞれの憶測に対応して，男を「人柱」に導いたまったく異なるストーリーが浮き出てくることになる。われわれがカダレの文学的な想像力の巨大なうねりに出会うのは，まさにこのような時である。どの憶測からもそれぞれ真実味が溢れ出てくるのである。

　たとえば，彼が進んで人柱となることを引き受けたという可能性である。その場合は，貧しい彼が家族のために補償金を残そうとしたのだと考えられる。《橋梁・土木組》は人柱になった者の遺族に高額の補償金を出すと噂されていた。この場合，自己犠牲のある意味美談となる。

　もうひとつの可能性は，《橋梁・土木組》が男を殺害して人柱に使ったというものである。彼が橋の建造に反対する《渡し船・筏組》に雇われ，橋建造の妨害工作をしようとして（橋はそれまで夜間２度にわたって重大な損傷を受けていた），現場で取り押さえられ，殺害され，埋め込まれたというものである。男の母親は息子が殺されたと主張し，語り手も男が石膏で塗り固められる前に，一瞬，首の下あたりに刺し傷のようなものを見ている。信憑性の高い仮説である。《橋梁・土木組》はこの直前に領主と掛け合って，妨

害工作をした犯人をどう処分しようとも構わない，という言質を得ていた。

　語り手の憶測はしかしここで終わらず，さらに進んで，男は痴情のもつれから死ぬことになったのでは，と考えたりもする。男の妻は夫が時々夜中に外出するのを心配していた。それは夜の闇に紛れて請け負いの妨害工作をするためだったのかもしれないが，もしかして他の女との逢い引きのためだったということもあり得る。もし後者であったなら，嫉妬に狂った妻が夫を工事妨害の犯人として密告し，《橋梁・土木組》に殺させたということが考えられる。その場合は愛憎劇となる。また，単に補償金狙いで夫を殺させ人柱に仕立てたとすれば，強欲な悪女の話となる。

　いずれにしろ，それぞれの憶測にはそれなりのもっともらしさがあり，どれが本当の理由であっても不思議ではない。

　確かな情報が欠如していれば，拠り所のない想像力は限りなく肥大し，拡散していく。漠然とした不安がやがて恐怖にまで到ることも不思議ではない。カダレの豊かな想像力というのは，もしかして，厳しい情報統制のもとで真実に近づけない，そうした一時期のアルバニア社会で生活していたカダレの現実を反映したものであったのかもしれない。

おわりに

　『3つのアーチの橋』はその名が示す通り，強国オスマン・トルコの脅威下にあるアルベリー公国における，ある架橋工事の着工・進展・完成を順次語っていく。もしオスマン・トルコが近い将来の侵攻のために，《橋梁・土木組》を使って《呪われたウヤヌ川》に橋を架けようとしたのだとしたら，つまり危険なウヤヌ川の流れを避けて橋による兵士の速やかな移動，展開を考えていたのだとしたら，その用意周到さに驚かざるを得ない。前にも触れたとおり，橋建造の発端となった旅のてんかん患者の発作，そしてその発作を橋の建造を求める天啓と告げた旅の占い師，さらに工事を申し出た《橋

梁・土木組》，すべてはオスマン・トルコの緻密な侵攻プランのもとで仕組まれたこととなる。トルコ側の工作活動と思われるものはこれに留まらない。

あの「人柱」を橋に埋め込む案も，《橋梁・土木組》側のひとりが語り手のカトリック僧から聞いた「人柱伝説」を，これは使える，と利用した可能性がある。伝説を聞いて間もなく，公国のあちらこちらに突然「人柱伝説」を歌う吟遊詩人たちが出現し，橋の完成には「人柱」が必要だという雰囲気を人々の間に作り出していくのである。《橋梁・土木組》すなわちトルコ側は橋を妨害から守る方策を探していて，語り手のカトリック僧はそれとは知らずに手を貸してしまったことになる。結果として，「人柱」以降は妨害もなくなり，工事は完成に向けて着実に進展し始める。

さらに，得体の知れぬ旅行者たちが公国で見られるようになる。敵状視察のためかもしれないし，あるいは民衆の間にオスマン・トルコへの親近感を醸成する目的で送り込まれた者たちとも思える。やがて語り手の周りでは，名前をイスラム風に変える者まで出始めるのである。

橋が着工から完成へ向かうのと歩調を合わせ，侵略の恐怖が次第に具体的な形を取ってくるのであり，そのことを考えると，3つのアーチを持つ美しく強固なこの橋は，やはり，オスマン・トルコの入念で，ある意味洗練された侵略の形態を象徴するものだったと言えそうである。

※

何もなかった空間に少しずつ形が生まれ，幾つもの障碍を乗り越えて，遂に3つのアーチの橋が出現する。着工の時から人々の関心を引きつけ，種々の出来事の常に中心にあったこの橋は，作品のタイトルそのままに紛れもなくこの物語の主人公であり，その存在感は他を圧している。

とはいえ忘れてならないのは，橋には男がひとり「人柱」となって埋め込まれていることで，しかも，もの言わぬ顔が橋脚の壁に浮き出ているのであ

る。遠目には美しい橋と見えても，その壁面にはもしかして男の恐怖，恨み，無念さがにじみ出ているのかもしれない。

　従って，もしカダレがこの橋に現実の何かを仮託したと考えるなら，それはたとえば橋が示す堅牢な美しさだけを見て，アルバニア精神の永遠性とか破壊されることのない祖国愛を象徴しているといったことではなく[12]，やはり，少し前まで全体主義体制下にあったアルバニアの，（ほとんど物語にあるオスマン・トルコの侵攻の様子にも似て）じわじわと気づかぬうちに圧力を強めてくる権力のしたたかさや不気味さということになるだろう。橋に塗り込められた「人柱」はカダレ自身であったのかもしれないのである。

（論文初出　2000年）

【注】

　使用テキスト：Ismaïl Kadaré ; *Œuvres, tome premier* (Fayard, 1993)

1)『3つのアーチの橋』梗概
　　舞台となるのは1377年，バルカン半島の小国アルベリー公国。（1389年，オスマン・トルコに対するセルビア・ブルガリア・南スラブ連合軍の歴史的大敗の12年前である。）
　　語り手はこの国のカトリック僧。この国は領内を流れるウヤヌ川Ouyane（通称，「呪われたウヤヌ川」）と運命共同体的な繋がりを持っている。管理者は《渡し船・筏組》Bacs et Radeaux。この川に《橋梁・土木組》Ponts et Chausséesという組織が橋を架ける工事の許可を，領主に破格の条件を提示して願い出る。財政悪化に苦しむ領主は許可を出す。工事の開始。住民たちにとっては，思いもかけない事態の出現だった。建設者の一団の異様さに不安を抱く住民たちも，ただ架橋工事の進展を遠巻きに眺める他はない。
　　語り手はほぼ2年間にわたる工事のプロセスを記録者として語っていく。（この工事が何を意味するのかと終始自問する語り手の姿勢がこの作品を奥行きのあるものにしている。）
　　反対勢力《渡し船・筏組》の妨害工作のせいか，それともウヤヌ川の《水の精》のせいか，橋は2度，決定的なダメージを受けるが，一人の男を《人柱》として埋め込み，ようやく完成する。
　　そして，完成した直後から，オスマン・トルコの侵入が始まる。架橋工事はオスマン・トルコが仕掛けた，侵略のための布石だったのだろうか。物語は，語り手の祖国アルベリー公国のオスマン・トルコとの戦いにおける敗戦の予感のうちに幕を

閉じる。

2）イスマイル・カダレの略歴

1936年，現在は世界遺産都市として登録されているアルバニア南部の都市ギロカステルに生まれる。ティラナ大学卒業後，モスクワに留学（「ゴルキー文学研究所」〜1960）。

1963年，『死者の軍隊の将軍』によって国際的なデビューを果たし，以後，著作一覧に示されるように数多くの作品を発表。いずれの作品も，欧米を中心に世界三十数カ国で翻訳され，一部には，ノーベル賞を10回受賞していても不思議ではないという声もある程，現在，世界で最も重要な作家のひとりと見なされている。

カダレの作品は，基本的には悲劇であり，その底流をなしているのは，アルバニア固有の慣習法としての「カヌン（掟）」や「ベーサ（誓い）」という概念である。個々人の運命を左右するこうした暗黙の見えざる力との相克の物語が，アルバニアの伝説的・神話的世界を舞台に繰り広げられる。カダレ作品の共通構造といえるこうした枠組みは，アルバニアの濃厚な風土性と相俟って，カダレ作品にボルヘス風の《魔術的リアリズム》にも似た不思議な魅力を生むことになる。

また，カダレは「現代のカフカ」（ミシェル・シュリア）と称されることもある。カダレ作品の特徴のひとつに，カフカ的《寓意性》を挙げることができるからである。

作品が《寓話》の形を取る場合，そこには幾つもの理由があり得るが，その一つにカムフラージュ，あるいは偽装という要素がある。カダレ作品における《寓意性》もそのように捉えていいのではないだろうか。

カダレが一時期ティラナの代議士として政治活動に携わっていたこと，1990年のフランス移住が政治亡命であったことなど，カダレの経歴は政治抜きには語れない。第二次大戦後，半世紀にわたって「全体主義的独裁体制」を維持し続けてきた祖国への異議申し立て，というのが，カダレの一貫した政治的立場と思われる。

作品に見られる「アルバニアの劇的世界」の深層に，彼の確たる政治意識が流れていることは明らかで，（現実に作品の幾つかが発禁処分となった）厳しい検閲制度の下では，《寓意的》であることは，単に意匠の一つという以上に必要なスタイル，必然だったということができる。

この『3つのアーチの橋』で語られる人柱の悲劇についても，これまで公国を守ってくれていた川に架けられようとしている橋が，小国アルベリー公国に侵攻しようとするオスマン・トルコの脅威の象徴と読めるように，人柱の悲劇とは強圧的な制度の下で《人柱》同様の運命を生きる住民の悲劇として，あるいは現代に置き換えて，大国ロシアの影に怯えるアルバニアの悲劇としても読むことができる。

われわれ読者がカダレの作品の多くをある寓意を含むものとして受けとめ，読み換えの誘惑に駆られるとしても，それは上のような事情を考えればむしろ自然なことと言えるだろう。物語世界の不可思議で濃密な面白さを感じさせるとともに、カ

108

ダレの一連の作品は文学が今なお政治や社会に対する《異議申し立て》の力を持ち、有効であることをも感じさせるものなのである。

［著書一覧］（※は邦訳あり。年号はフランス語版出版年）

Le Général de l'armée morte, roman, Albin Michel, 1970.『死者の軍隊の将軍』※

Le Grand Hiver, roman, Fayard, 1978.『大いなる冬』

Le Crépusucule des dieux de la steppe, roman, Fayard, 1981.『草原の神々の黄昏』※

Le Pont aux trois arches, roman, Fayard, 1981.『３つのアーチの橋』

La Niche de la honte, Fayard, 1984.『恥辱の窪み』

Les Tambours de la pluie, roman, Fayard, 1985.『雨の太鼓』

Chronique de la ville de pierre, roman, Fayard, 1985.『石の街の年代記』

Invitation à un concert officiel et autres récits, nouvelles, Fayard, 1985.『公式コンサートへの招待／その他の物語』

Qui a ramené Doruntine?, roman, Fayard, 1986.『誰がドルンチナを連れ戻したか』※

L'Année noire, suivi de Le cortège de la noce s'est figé dans la glace, récits, Fayard, 1987.『暗い年／結婚式の行列は氷のなかで凍った』

Eschyle ou le grand perdant, Fayard, 1988; nouvelle édition, 1995.『アイスキュロス，あるいは，崩れつつある権威』

Le Dossier H., roman, Fayard, 1989.『Ｈファイル』

Poèmes (1958-1988), Fayard, 1989.『詩集（1958-1988)』

Le Concert, roman, Fayard, 1989.『コンサート』

Le Palais des rêves, roman, Fayard, 1990.『夢宮殿』※

Le Monstre, roman, Fayard, 1991.『怪物』

Printemps albanais, Fayard, 1991.『アルバニアの春』

Invitation à l'atelier de l'écrivain suivi de *Le Poids de la Croix*, Fayard, 1991.『作家の仕事部屋／十字架の重さ』

La Pyramide, roman, Fayard, 1992.『ピラミッド』

La Grande Muraille, suivi de *Le Firman aveugle*, récits, Fayard, 1993.『大いなる壁／絶対勅令』

Clair de lune, récit, Fayard, 1993.『月明かり』

Œuvres, t. I, II, III, IV, Fayard, 1993, 1994, 1995, 1996.『作品集 I II III IV』（『砕かれた四月』※）

L'Aigle, récit, Fayard, 1996. 『鷲』

Récits d'outre-temps, Stock, 1996. 『彼方の物語』

Les Adieux du mal, récit, Stock, 1996. 『悪との決別』

Spiritus, roman, Fayard, 1996. 『スピリチユス』

（1998年9月25日，福岡大学でのイスマイル・カダレ特別講演会の「プロフィール」転記）

3）Eric Faye: Introduction aux *Œuvres* d'Ismaïl Kadaré (Fayard, 1993) p.14

4）E. Faye: ibid. p.38

5）Ismaïl Kadaré: *Dialogue avec Alain Bosquet* (Fayard, 1995) p.98
　　この対談の中で，カダレは『3つのアーチの橋』を《本質的な作品》と言っている。

6）Alexandre Zotos：*De Scanderberg à Ismaïl Kadaré* (Publications de l'université de Saint-Etienne, 1997) p.62

7）A. Zotos：ibid. p.62

8）Label France (1998・12月号) p.39
　　この中で，カダレ自身《極めて完成度の高い戦略》という言葉を，政権側の反体制作家への圧力について語っている。

9）E. Faye: op. cit. p.16

10）ibid. p.45

11）A. Zotos: op.cit. p.59
　　カダレはユルスナールの作品については知らなかったらしい。

12）op. cit. p.80

イスマイル・カダレ

『砕かれた四月』
―― 不条理と寓意をめぐって ――

はじめに

　エリック・ファーユ Eric Faye が指摘するように，現代アルバニア作家イスマイル・カダレ Ismaïl Kadaré（1936～）が問題視するテーマのひとつとして《全体主義》がある。[1] もっとも，全体主義という言葉が作品の中で直接的に語られることはない。カダレにおいては，このテーマは実に巧みな周到さでカムフラージュが施されているからである。

　後に触れるように，アルバニアにおいてカダレが身を置いていた社会的・政治的コンテクストから見れば，こうしたカムフラージュは抑圧的な体制のもとで活動する作家としては当然の配慮であり，カダレの技法として特徴的なシンボルやメタファーの多用，アレゴリーに富んだ物語構成はこのカムフラージュのひとつの展開なのである。

　彼の作品が「二重底の小説群」[2] と評される理由もここにある。言い換えれば，カダレ読解を十分なものとするには，表面の物語を追うことに加えて，隠れたシンボル，メタファーへの意識が必要となってくるということである。とはいえ，先ずは《表面の物語》への興味があってこそ，というのも小説であれば当然のことである。

イスマイル・カダレ：『砕かれた四月』　*111*

　ここでは，カダレの中期の作品『砕かれた四月』*Avril brisé*（1980）を採り上げ，その読解を試みてみたいと思う。

I　カヌンとは何か

　まず触れなければならないのは，この物語の背景となっている特異な規範，カヌンkanunについてである。

　カヌンとは，アルバニア北部の山岳地帯，俗に「高地」と呼ばれる地域に遙かな昔から続く慣習法で，アルバニア国内法とは別にやはりこの地の人々を支配する《掟》・《法》・《規則》の集成を指す言葉である。高地の住民は日常生活の隅々までも規定するこのカヌンのもとで生きている。

　『砕かれた四月』という作品は，まさにこのカヌンが定める《復讐の掟》に従って人を殺し，カヌンの不条理性に直面することになる26才の若者，ジョルグ・ベリシャ Gjorg Berisha を主人公としている。

　彼が殺人を犯すに到った，カヌンのもとにある社会とはどのようなものか。

　ある殺人が行われたとする。その場合，殺された者の家族は殺した側の家族のひとりを殺さなければならない。そうしなければ，つまり「血を取り戻」さなければ，その家族は不名誉な家族とされて，周囲からこれもカヌンが定める様々の屈辱的な扱いを受けることになり，社会的にほぼ抹殺されてしまうからだ。復讐が義務の社会である。

　ジョルグ・ベリシャの一家は近くに住むクリュエチュチェ家 Kryeqyqe と70年前からこの相互の復讐という終わりのない殺し合いの中にある。物語は主人公ジョルグが3月17日，クリュエチュチェ家の男を銃で殺害する場面から始まる。これは1年半前に殺された兄の復讐だった。そして，規定にある1ヶ月の「休戦期間」の後，今度はジョルグ自身がこの争いの45番目の犠牲者として相手家族から殺されることになる。これら2つの殺人に挟まれた1ヶ月間のドラマがこの作品の骨子となっている。

カヌンは復讐を果たした後に殺人者が為すべきことも定めている。

先ず殺した相手の葬儀に立ち会い，次に「弔いの宴」に招かれ，相手方の家族や近親者と同じテーブルを囲んで食事をする。その後直ちに，「血の税」を支払いに，ジョルグの住む村から歩いて1日の距離にある「オロシュの塔」へ旅立たねばならない。

ジョルグは父から手渡された500グロシュ（これはこの日のために家族が何ケ月もかけて貯めていた）を持ち，まだ見たこともない「オロシュの塔」に向けて歩き出す。

深い霧，暗い街道，崩れかけた墓石の列，カヌンに違背した罪で焼き捨てられた集落，周囲に広がる荒れ地，馬車，看板もない旅籠など，道中のジョルグの周りに展開する一連のイメージ群は，物語全体の通奏低音とも言える沈鬱で寒々とした雰囲気そのままで，これがほとんど中世の頃の物語であるかのような印象を与えている。

この物語が持つ寓話性ということを考えると，こうした前近代的な道具立て，雰囲気というのは多分に意図的なものであろうと思われる。物語がいつの時代のことなのか，時代設定を敢えて曖昧にしているところがある。後で見るように，これははっきり現代のことだと伝える場面を置く一方で，全体としては遠い昔の物語のような印象を与えようともするのである。

「3月17日」，「今年の春」，「4月17日」などと《時》に係わる言葉はいくらでも出てくるが，それはジョルグの命が休戦期間が切れるまでのカウントダウンのもとにあるので当然のことだろう。ただ具体的な年号は示されない。作中の一番新しい年号としては，過去の収税記録簿に記された「1880年」という記述で，ここから，物語の舞台が1880年以降であることは分かる。そして，こうした曖昧さを一蹴し，これが現代の物語であることを否応なく示す驚くべき《もの》が作中に出現する。「オロシュの塔」を目指して歩いていたジョルグが空を見上げるのである。

　　彼は遠い雷の轟きを聞いたような気がして顔をあげた。雲のあいだを

飛行機がゆっくりと飛んでいた。彼はびっくりして、飛行機を目で追った。たしかに、ティラナとヨーロッパのどこかの国を結ぶ便が、週に一度だけ、隣の地方の上空を飛んでいるということを聞いてはいたが、彼はこれまで飛行機を一度も見たことはなかったのだ。(p.35)

　意表を突く飛行機の出現である。中世風の舞台背景の隙間から、一瞬、《現代》が顔を覗かせたという感じである。

　すべてを精緻に昔風、異世界風に仕立てた物語の中で、この1箇所だけがカダレの仕掛けを裏切る数行、ということはないだろう。一見別世界の出来事のように語られるジョルグの悲劇は、実は今の時代にも見られることであり、さらに言うなら時と場所に関係なく、理不尽な諸々の《掟》、《規範》のもとで苦悩する者たち誰しもの運命でもあるということである。寓話的な物語構成というのは、時に強権から身を守るカムフラージュにもなるが、何よりもそうした普遍性を求める形式なのである。

　飛行機の意味をもう少し考えてみよう。この時ジョルグは、自分が生きていられるのは両家間の休戦期限が切れる4月17日までだろうという予感のうちにあった。5月という月はおそらく訪れることがなく、4月も途中で終わることになるだろう。先の希望を断たれた彼は、自分をこんな状態に追い込んだカヌンの《血の掟》を恨めしく思い、自分がもしこうした掟から免れている司祭であったならと考えてしまう。

　　彼は修道院の脇の道を歩いていた。その時、司祭だけがこの血の掟にとらわれずにすむことを思い出した。こんな風に考えると、修道女たちの姿が頭に浮かんできた。噂によれば、彼女たちは若い司祭たちと関係を持っているらしいし、ひょっとしたら、そのうちの誰かと自分も結ばれることになるかもしれないのだ。(p.29)

　この夢想は、しかし、司祭たちは司祭たちでカヌンの別な厳しい拘束のも

とにある事実を思い起こし，束の間に消える。カヌンから逃れる道などないと思い知り，暗い気持ちで歩いていたまさにその時に，空を飛行機が横切るのである。

　カヌンの理不尽な掟によって奈落の底に突き落とされ，強い脱出願望に捕らわれていたジョルグにとって，はるか上空を遠いヨーロッパの地へ飛び去っていく飛行機は，宿命から逃れて未来を取り戻したいという彼の願いのかたちだったに違いない。そして，若いジョルグが夢見る未来は，当然のことながら，女性とともにある未来でもあり，そこから物語はジョルグと美しいディアナとの宿命的な出会いへと向かっていくことになる。

Ⅱ　ジョルグ／ディアナ／ベシアン

　2人の出会いを見る前に，ジョルグが向かっていた「オロシュの塔」がどういうものなのかを見ておこう。

　カヌンが定める「血の税」を納める場所であるこの塔は，高地を支配する「大公」の城に付属する収税施設のひとつである。高地の長い歴史の中で，絶えることなく繰り返される復讐殺人。その度に，復讐をなし得た者は高地のあらゆる場所から，「血の税」をたずさえてこの塔にやってくる。

　ジョルグには，殺人者がなぜ「血の税」を払わなければならないのか，また税が500グロシュという高額である理由も分からない。さらに，殺人者が次には新たな復讐の対象となり，とめどなく血が流されることの意味もつかめない。すべてはカヌンの定めであり，それ以上の詮索は許されないのだ。「オロシュの塔」はカヌンが厳格に守られるように監視する役所でもあり，その意味で，この地でのカヌンに係わるすべての不条理が収斂する場でもある。

　こうした得体の知れない超越的なシステムというのは，カダレ作品を特徴づけるもののひとつであり，たとえば『夢宮殿』*Palais des rêves* (1981) な

どにその典型を見ることができる。

『夢宮殿』は，もっとも私的で個人的であるはずの夢さえも官庁が管理している国の話であり，国民一人ひとりの夢を収集し，分析し，記録する機構，つまりは全体主義的官僚制の精緻極まりない監視システムをめぐる物語である。

「オロシュの塔」も，『夢宮殿』の中央官庁である「宮殿」と似たような機能を果たしている。住民がここで収奪されるのは単に金銭だけではない。魂の自由もである。「オロシュの塔」に象徴される絶対的な権威としてのカヌンは，あたかも宿命のように人々を呪縛し，拘束し，人々が自分の人生を思うように生きることをほとんど不可能にしているのである。

だが，そのカヌンの支配にもほころびがないわけではない。「オロシュの塔」の責任者であるマルク・ウカツィエラ Mark Ukacierre は「血の管理者」と呼ばれ，「血の税」の徴収，及び「オロシュの塔」がある大公の城の文書管理を職務としている。彼は最近，奇妙な痛みを伴った病に苦しんでいる。土地の古老によれば，それは「血の病」であり，彼の仕事には必ずつきまとうものだということなのだが，実は他にも原因はあるようで，それは「血の税」徴収に不可欠なカヌンの支配が盤石でなくなってきているという不安である。

　　血の事業が今や危機に瀕している。復讐の数は年ごとに減ってきている......（p.135）

そのため，彼は大公の眼差しに次のような無言の叱責を読み取るまでに追いつめられている。

　　「汝は血の管理者なのだ。それ故に，汝は誰よりも復讐の扇動者であらねばならない。復讐が停滞し鎮まろうとする時には，復讐の眠りを醒まし，行動へと駆りたてなければならない。」（p.134）

この《血の体制》による収奪システムが揺らぎ始めたことを裏付ける事態が高地の外，つまり，カヌン支配とは対照的な《現代》を象徴する都会，首都ティラナで生じていた。4ヶ月前，ある雑誌に「オロシュの塔」を批判する匿名記事が掲載されたのである。記事は，過去4年間に「オロシュの塔」が「血の税」として記録した収入のすべてを驚くべき正確さで示していた。そして，かつてはアルバニアの崇高な精神を体現していた「血の奪還」（復讐）が，今では「血の税」をより多く集め，収益を上げようとする資本主義的な事業になっているという結論を導き出していた。記事の中には「血液産業」，「商品としての血」など，カヌンの崇高性を損なうような言葉，そしてカヌンを土台とする「オロシュの塔」の体制にとっては血も凍るような言葉が踊っていた。

　強固に見えたカヌンの支配も，実のところ，崩壊の危機を孕んだものになっていたということになる。

　ところで，「オロシュの塔」を目指して高地を旅していたのは，ジョルグだけではない。カヌンに対して多大な好奇心と共感を抱き，高地を舞台に悲劇的でもあり哲学的でもある物語を書いてきた首都ティラナの作家ベシアン・ヴォルプシBessian Vorpsiとその妻ディアナDianeも，この高地を新婚旅行の地として選んでいた。ベシアンはこの地の大公から城へ招待されていて，結婚したばかりのディアナに，いわば自分の創作のフィールドである高地を案内しようとしていた。

　はじめて高地を訪れるディアナは，それまでカヌンについて噂に聞いたり本で読むことはあっても，どこかぼんやりとした印象でしかイメージできないでいた。しかし，城へ向かう馬車の中から目にする銃を担いで歩く男たち，殺人者であることを示す袖の黒いリボン，殺された者が倒れた場所を示す土壌などから，この地が血塗られた掟の支配する，ベシアンの言う「死の王国」であることを少しずつ実感し始める。

　そして，それと共に，ディアナの中で何かが変わっていく。夫ベシアンに自分を合わせようという気持ち，夫をいたわる良き妻としての心遣い，そう

したところが次第に希薄になっていくのである。ベシアンが何か提案する度に彼女が決まって言う「お好きなように」という言葉が，旅の当初には従順を感じさせる響きであったのが，やがて，自分には関係ない，「好きにしたら」と突き放した冷たさを感じさせるようになる。

この変化を加速させるのがジョルグとの出会いである。

ディアナがジョルグに出会うのは，街道沿いの旅籠の前である。ディアナと夫は昼食に立ち寄った後，再び出発すべく馬車に乗ろうとしていた。ジョルグは「オロシュの塔」で「血の税」を納めて実家へ戻る途中だった。

　　ベシアンは馬車に乗り込もうとしていた。その時，ディアナが自分の腕を強く押さえるのを感じた。
　　「見て」，と彼女は低い声で言った。すぐ近くで，ひとりの若い山の男が真っ青な顔をして茫然とした眼差しで2人を見つめていた。袖には黒いリボンが縫いつけられていた。「あれは，血の奪還に巻き込まれた男だ」とベシアンは言って（……）（p.109）

既にこの時ジョルグはディアナに心を奪われていたのだろう。

　　若い男は熱に浮かされた眼差しでディアナをじっと見つめていた。
　（p.110）

ディアナの方もジョルグに惹きつけられるものがあった。いや，それ以上だったのだろう。彼女の心には激しい動揺が起きている。

　　馬車が動き始めた。あの見知らぬ若者の眼は，真っ青な顔色とのコントラストのせいかひときわ暗く，ディアナの顔が浮き出た四角いガラス窓に釘づけにされたままだった。ディアナもまた，もう彼の方を見つめてはいけないことを意識していながら，街道のはずれから突然現れ出たこの若者から目をそらすことができなかった。（p.110）

かつて，男の視線にこれほど心が乱れたことはなかった。(p.117)

　ディアナにとってもジョルグにとっても，これは運命を左右することになる出会いなのだが，現実にはただお互いを見つめただけで，言葉ひとつ交わしたわけではない。しかも，2人が会うのはこの1回だけである。ディアナはこの若者の名前がジョルグだというのを，彼と旅籠の主人の会話を耳にして知っていたが，ジョルグの方は彼女の名前を最後まで知らないままである。それでも，相手の姿は互いの心に深く刻み込まれ，2人のその後に大きな影響を与えるある感情を生み出すことになる。それが《恋》とか《愛》と呼べるものなのかどうか，曖昧さは残るにしても，少なくともこの時2人は互いに相手に魅了されたのである。やはり，一目惚れだったのであろう。

　ともあれ，この後ジョルグは，3月25日に再び村へ戻ってくる。休戦期間は4月17日で切れる。それまで，そしてその後をどう過ごすかが問題である。

　木を切る仕事をしながらよその土地を転々と逃げ回るか，あるいは，「引き籠もりの塔」に入って襲撃に備えるかすれば，少しは命を長らえることができる。「引き籠もりの塔」とは復讐の的になった者が「休戦期間の終りに避難する塔」(p.116) のことであり，防御はしやすくとも外へ出るのは危険なため，場合によっては一生をその中で暮らすことになる。血の管理官マルク・ウカツィエラの言によれば，この時高地の174の塔には，既に1,000人ほどの男たちが避難していた。

　しかしジョルグは，それが命取りになりかねないと承知していながら，再び旅に出ることを父に願い出る。そして，歩き出して間もなく，ジョルグは自分がどこに向かっているのかを悟るのだ。

　　全く突然に，旅に出た理由がはっきりとした。その理由を本当は隠しておきたかったのだ。執拗に心から追いやり，押し殺してきていたのだ。(……) 旅に出たのは，山々を眺めるためでは決してない。何よりも，あの人にもう一度会うためだったのだ。(pp.158-159)

イスマイル・カダレ：『砕かれた四月』　119

　一方のディアナはというと，彼女にもジョルグとの一瞬の出会いを契機として明らかな変化が生じている。高地の荒涼とした風景が彼女の心象風景と重なり始めるのである。彼女の沈んだ心にある虚しさは，ひとつには高地で見聞きする絶え間ない争いへのやりきれなさであろうし，また何よりも，宿命の重みに必死で耐えているかのようだった青ざめた若者ジョルグへのやるせない思いから来ているのであろう。実際その思いは，一瞬の出会いでしかなかったことを考えれば，意外なまでの激しさである。

　　〈わたしの暗闇の王子。また，あの人に会えるだろうか。（……）もう
　　一度会えるのなら，どんな犠牲もわたしは厭わない。〉（p.127）

　以後，大公の城への行程とその後の高地での旅は，夫ベシアンが自分とは疎遠な女へと変わっていく妻の姿に困惑し，懊悩する形で展開される。彼にとって妻の変化は最後まで謎のままである。旅籠で見かけたあの若者に対する妻のいつまでも続く関心から，そこに《愛》の匂いを嗅ぎ取らないではないのだが，それを口に出して確かめるのを恐れたのである。
　この3者の関係から見えてくるのは，「澄んだ眼と栗色の髪の美しい都会女」（p.158）ディアナが，やはり都会人の作家である夫ベシアンよりも，高地の田舎者ジョルグに心を寄せていく，あるいは，ジョルグを取り巻く死の匂いに魅了されていくという構図である。その前兆は，彼女が高地に入ってから見せるようになった夫ベシアンへの態度の変化に既にあらわれていた。ジョルグとの出会いがそれを決定的にしたと言える。因習的な《カヌン世界》の深い闇を生きるジョルグの張りつめた野性を前にして，理性的な《現代》の明るさの中にある夫ベシアンの優しさや知識がもはや気楽な軽薄さとしか映らなくなったのであろう。ディアナ自身も夫と同じ《現代》を生きる女ではあるのだが。
　とはいえ，相手の気持ちも分からないまま，それでも互いに再会を求めるジョルグとディアナの《愛》には，この後《因習》と《理性》の対立の構図

を裏切る要素があらわれてくるようになる。2人がそれぞれ因習的な《カヌン世界》や理性的な《現代》から外れるような行動を取り始めるからである。

　ジョルグの場合，それが死に続く道であることを自覚しながらも，山奥へ逃げ込んだり，「引き籠もりの塔」へ避難したりはせず，いわばカヌンを無視する形で，ディアナに会うことだけを願って危険な高地をさまようことを選んでいる。

　ディアナはというと，ジョルグの休戦期限が切れる直前の4月15日，衆人の驚愕をものともせずに，「引き籠もりの塔」の中へ入って行く。《よそ者》には許されない，ましてや《女性》には絶対タブーの非常識な行動であり，これは《高地》の住民にとっては信じ難い領域侵犯であり，カヌンそれ自体の聖性をも無化しかねない行為だった。

> 　いったい，何があったのだろうか。その時にも，ずっと後になって考えてみても，分からない。(……) どうして，首都の女が，これまでよそ者が一歩も踏み込むことのできなかった塔に入り込むことができたのか，誰もはっきりとは言いあらわすことができなかった。(p.192)

　なぜそういうことをしたのか，塔の中で何があったのか，と問う夫ベシアンに，ディアナはこれ以後物語の最後までひと言もしゃべらない。頑なに沈黙を守るのみで，ベシアンには妻が「まるで見知らぬ女，気が狂い，魂をあの塔に残してきた，ただの脱け殻」(p.201)になったように見える。

　おそらくディアナは，ジョルグが相手側家族からの報復を逃れるために「引き籠もりの塔」の近くに来ているのではないか，あるいは既に塔の中に避難しているのではないかと考えたのであろう。ということは，ディアナはただ単にジョルグに会うことだけを願い，その他のことは一切考えることなく塔の中へ入っていった，ということになる。

　ディアナがカヌンの掟に無知な都会の女として，うっかり塔の中へ入ってしまったということは考えづらい。夫ベシアンから掟については散々聞かさ

れていたからである。タブーの存在も，また塔に潜む男たちの危険性につい
ても，それなりに分かっていながら，ただジョルグに会いたい一心で思い
切った行動に出たものと思われる。

　つまり，ディアナは都会人としての合理的な考えからカヌンを無視したと
いうのではなく，むしろ高地の不合理で野蛮ともいえる空気と同調した激情
からジョルグを求める行動に出たのではないかと思える。

　とはいえ，ディアナ自身はこの件について何もしゃべらないので，彼女の
行動の真意は夫ベシアンと同様にわれわれにとっても謎のままである。すべ
ては推測の域を出ず，はっきりしているのは，何か大事なものが抜け落ちて
「抜け殻」のようになったディアナの姿だけである。

　この時ジョルグは，ディアナが乗った馬車の行方を尋ねながら，高地の他
の場所をさまよっていた。つまり，ディアナはジョルグに会うことはできな
かった。

Ⅲ　迷宮と円環

　宙吊りにされたままの謎，というモチーフはカダレの作品すべてを束ねる
キイ・ワードのひとつと言えるだろう。作品の到るところに謎が残ったまま
になっている，というよりも，謎が意識的にちりばめられている。

　この『砕かれた四月』の物語もひとつの迷宮世界として理解されるべきか
もしれない。先のE.ファーユが指摘するように，「カダレの作品においては，
自分の周囲の出来事をはっきりと理解できる登場人物はほとんどいない」[3]
のである。さらに登場人物たちの多くは何か得体の知れぬ巨大な影の下で不
安を抱えて生きている。言うなれば，不吉な《死の相》のもとにある。これ
もカダレ作品にほぼ共通する要素である。

　　　断えず雨が降っている。あたりは深い霧に蔽われ，そして足もとは泥

土のぬかるみである。[4]

「オロシュの塔」へ通じる本街道にしてからが，雨と霧に閉ざされて，
ジョルグを迷い道に誘い込む迷宮の様相を呈していた。カヌンの定めに従っ
て復讐を果たし，カヌンの秩序の中で疑いのない世界を生きてきたかのよう
なジョルグだが，実際には，彼も迷宮的現実のなかにある。なぜ復讐しなけ
ればならないのか，なぜ自分が殺されなければならないのか，そして「血の
税」とか「オロシュの塔」とは何なのか，など，カヌンへの疑問は次々浮か
ぶのだが答えは出ないままである。

実際，彼が納税に訪れた「オロシュの塔」自体もまるで幻のような存在と
して描かれていて，人を迷わせ，実体がつかめない点ではやはり迷宮のよう
である。

　　ジョルグはあらためて，オロシュの城のことを尋ねてみた。はじめは，
　すぐ近くだと言われたが，間違いなく近くまで来たと思った時には，ま
　だ遠い，と言われた。村人に尋ねる度に，彼らは身振りで同じ方向を指
　し示す。視界が消え入る霧にかすむはるか彼方を。（……）
　　それが本当に塔なのか確信が持てないまま，ジョルグは遠くから塔を
　見つめている。しかし，それが何に似ているかは言いあらわしようがな
　かった。霧にかすむその姿は，高くもなく，低くもない。広く拡がった
　建物のように見えもするが，何かの小さな固まりのようにも見えたりす
　る。（……）
　　幾つかの建物を覆っているひとつの屋根が見えたと思ったが，幾つも
　の屋根が一つの低い建物を覆っているだけだった。近づくにつれて，塔
　は姿を変えていくように思われた。（pp.53-54）

辿り着いた「オロシュの塔」は，塔などではなく半ば廃墟のような回廊状
の建物群で，その一つにジョルグは導かれる。扉の向こうにあるのは巨大な
暗がりで，そこに高地のあちらこちらから「血の税」を納めにやってきた男

たちが，呼び出しがかかるのをひたすら待っている。何日もの夜を過している者もいる。本当に呼び出しはあるのか，あるとしてもそれはいつになるのか，誰も知らない。

　こう見てくると，この高地という地域そのものが既に迷宮だとも言えそうである。

　物語の背景となる時代は（空を飛行機が飛んでいるのだから）20世紀だろうが，高地は今なお国家の力が及ばない一種の真空地帯であり，飛行機に代表される《近代性》もこの地に影を落とすまでには至っていない。

　高地について，またこの地を不可視の力で支配するカヌンについて誰よりも詳しいと自認する都会人の作家ベシアンにとってさえ，美しい妻との新婚旅行は高地に入ってジョルグと出会った直後から，一転して，迷路の中の彷徨に似たものになっていた。高地が引き起こした妻の変貌に戸惑うことしかできないのである。首都ティラナの社交界で人々から羨望されたこのカップルの「愛の旅」は，血の気配が漂う高地に入るとすぐに不吉な「死と道連れの旅」[5]になってしまっていたのである。

　ところで，この作品の円環構造にも注目しておきたい。[6]

　物語は３月17日の街道での殺人の場面（ジョルグによる復讐）で始まり，休戦期間の１ヶ月が終わった４月17日の街道での殺人の場面（相手側家族によるジョルグへの復讐）で終る。円環はこれだけではない。

　ジョルグの死自体についても，それは言える。

　ジョルグは休戦が終わった正午を過ぎて間もなく，どこからともなく飛んできた銃弾に倒れる。そして，薄れていく意識の中で自分を撃った者が近づいてくる足音を聞き，それが誰なのかを次のように理解する。

　　あれは誰の足音なのだろう。聞き慣れた足音のような気がする。自分の身体を引っくり返したあの両手も，そして，あの足音も。ああ！あれはわたしの足音ではないか！３月17日のブレズフソット近くのあの街道の……一瞬意識が途絶え，また再びあの足音が聞こえた。今度もまた，

124

自分の足音のように思えた。ああ，あれは自分なのだ。決して他の誰で
もない。撃ち殺したばかりの自分の身体を置き去りにして，あんな風に
逃げ去っていく者は。（pp.209-210）

　ジョルグは自分の死を招き寄せたのが自分自身だと自覚したのである。カ
ヌンが定める復讐の連鎖の中では，敵対する家族の1員を殺害した時点で彼
の死もまた定まってしまったのである。さらに，ディアナを探しに人目につ
く本街道に出たことが運命の時を早めることになったのも，分かっていたか
も知れない。自分の行為が自分に返ってきただけ，つまり自分を殺したのは
自分だ，というこの円環めいた感慨は，死の間際のジョルグの薄れゆく意識
が生み出した幻想とばかりは言えないだろう。

おわりに

　最後に，作者カダレがこの物語で何を語ろうとしたのかを考えてみたい。
　先に見たように，ディアナの《愛》は現代的知性を代表する夫ベシアンを
離れ，カヌンの伝統を生きるジョルグに向かっていった。その限りでは，作
者の好意も《現代》よりはカヌンの伝統的な世界にあるようである。ベシア
ンの口を借りて幾度となく繰り返されるカヌン賛歌は，カヌンに対する作者
自身の郷愁にも似た思いをあらわしていたのかもしれない。7）
　とはいえ，作者が手放しでカヌンを称揚しているかというと，そうでもな
い。カヌンの伝統には因習と呼ぶべき忌まわしい側面があり，たとえば復讐
の掟によってジョルグは人を殺さねばならず，やがて自らも殺されることに
なる。高地に住む者の人生を縛り，押しつぶすのがカヌンであり，終わりの
ない殺人の連鎖という愚かさを抱えているのもカヌンである。作者はむしろ
カヌンのマイナス面を印象づける形で物語を展開させている。
　従って問題とされているのは，おそらく，カヌンも含めてさまざまな体制

が持つ《強圧性》であろう。この《強圧性》があらゆるところで《過度》になった世界（おそらくは作者カダレがその中で苦闘していたアルバニアの全体主義がそうだったのであろうが），それが抜け出そうにも出口の見えない迷宮となり，明るい展望や変化が望めない閉ざされた円環世界となっていくのである。作者が語ろうとしたのは，そうした世界のむごさや不当性だったかと思われる。

　ただ，若者ジョルグと美しいディアナの激しくどこか常軌を逸した《愛》は，結局は何の実も結ばずに終わりはしたものの，カヌンの権威に揺さぶりをかけるものだった。どんなに強固な壁に見えようと意に介さず突き抜けようとする力，《愛》とも《憧れ》ともつかぬ熱情が人には生まれるということである。『砕かれた四月』はそれを一筋の光明とする物語と読むこともできそうである。

（論文初出　2000年）

【注】

　使用テキスト：Ismaïl Kadaré ; *Avril brisé* (Fayard, 1997)

1 ）Eric Faye：*Œuvres*, tome premier　(Fayard, 1993) p.47
2 ）ibid.　p.14
3 ）ibid.　p.52
4 ）Alexandre Zotos：*De Scanderbeg à Ismaïl Kadaré*　(Publications de l'Université de Saint- Étienne, 1997) p.89「*Entretien avec l'auteur*」
　　ここでA．ゾトスは，カダレに直接，作品に共通してみられる「死の遍在」及び「雨，泥，霧」の三点セットの意味について問いかけている。カダレ自身は，それは自分の好みの問題だし，アルバニア固有の風土からくるものだ，と平凡な回答しか返していないが……これが全体主義の影のメタファーであることは，しかし，明らかだろう。
5 ）Nicole Charadaire ： *Avril brisé*　(Livre de poche, 1982) Introduction
6 ）Eric Faye：*Ismaïl Kadaré prométhée porte-feu*　(José Corti, 1991) pp.96-97
　　ここでE．ファーユは，『砕かれた四月』だけではなく，『3つのアーチの橋』*Le Pont aux trois arches* (1978) や『死者の軍隊の将軍』*Le Général de l'armée morte* (1963)，さらには，『暗い年』*L'année noire* (1985) などの作品を例にあげて，これら

の作品の冒頭と結末の同一性を指摘している。

7）Ismaïl Kadaré : *Dialogue avec Alain Bosquet* (Fayard, 1995) pp.107-109
　　この対話で，カダレは，この作品では大まかな形だが，昔からのカヌンと現代社会における人権侵害の比較対象をやっていて，カヌンの方がいかに原始的なものに見えようとも，いわゆる合理的と言われている現代（アルバニア）の法よりも，はるかに民主的であると述べている。また，カヌンが偏りのない形で描かれたのは，この作品が最初であろうとも語っている。

イスマイル・カダレ
『誰がドルンチナを連れ戻したか』
―― 「欲望の三角形」――

はじめに

　イスマイル・カダレ Ismaïl Kadaré (1936～) の『3つのアーチの橋』*Le Pont aux trois arches* (1978),『砕かれた四月』*Avril brisé* (1980), そしてここで採りあげる『誰がドルンチナを連れ戻したか』*Qui a ramené Doruntine?* (1980) などの一連の作品は,「時代を超えた作品」[1]として, カダレの作品群においてある特別なグループを形づくっている。

　ここで「時代を超えた」と言われるのは, これらの作品において, カヌン kanun (掟・慣習法), ベーサ bessa (誓い・約束) などのアルバニア社会を歴史的に規定してきた概念や,「ロザファ城建造伝説」や「コンスタンチンとドルンチナ伝説」のような古いバルカン伝説がカダレ固有のテーマとして繰り返し扱われているからであろう。

　本稿は, カダレの《最も本質的な作品》[2]のひとつである『誰がドルンチナを連れ戻したか』の読解を目指すものだが, 物語の下敷きとなった「コンスタンチンとドルンチナ伝説」がどのようなカダレ的処理を施されているかにも注目して検討していきたい。

I 警備隊長ストレスの情念

　作品の梗概[3]は論末の《注》に譲るとして，物語の枠組みとなっている古いアルバニアの伝説「コンスタンチンとドルンチナ伝説」がどのようなものであるのか，E.ファーユ Eric Faye の要約で先に見ておきたい。

　　　「母がもし自分にそう望むのであれば，遠国の貴族のもとに嫁いだ妹のドルンチナをわたしが連れ戻す」という誓いを立てていたコンスタンチンは，その約束を果たすことなく死んでしまう。生きている間に約束を守れなかったコンスタンチンは，今や死者としてこれを果たす他はない。つまり，自分の墓から抜け出し，ドルンチナを約束通り母のもとへ連れ戻すことだ。[4]

　『誰がドルンチナを連れ戻したか』は物語の舞台となるアルバニア公国でこの伝説と同じ名前を持つ兄妹，すなわち兄コンスタンチンとその妹ドルンチナに伝説と同じことが起きた，という《事件》から始まる。遠い異国へ3年前に嫁いだ23才の若妻ドルンチナが，戦争で亡くなったはずの兄コンスタンチンに連れられて母のもとへ戻ってきた。そして兄は自分の墓がある方へ消え去ったというのである。この《事件》の調査を担当する地域警備隊長ストレスの視点を軸に，物語はこのあり得ない《事件》の謎解きという形で展開していく。

　これは単に，人妻が恋人の男と一緒に実家へ逃げ帰ってきただけなのかもしれない。そして非難されるのを避けるために「コンスタンチンとドルンチナ伝説」を利用した。すなわち，死んだ兄が生前の約束を果たすために墓から抜け出て妹を母のもとへ連れ帰った，という話に仕立て上げたということである。もしそうなら，ちょっと変わったスキャンダルで終わるところだろうが，しかしこの出来事は，アルバニア公国全体を揺るがしかねない《事件》

として問題視されることになる。

　なぜかと言うと，この時期アルバニア公国がビザンチン正教会とローマ・カトリック教会の激しい宗教対立の渦中にあったことが関係している。この地でかろうじて優勢を保っているビザンチン正教会にとって，《死者の甦り》すなわち《復活》を意味するこの《事件》を認めることは，この種の奇跡をキリストその人以外には認めないキリスト教世界においてはビザンチン正教会の《いかがわしさ》として受け取られる恐れがあった。つまり，対立するローマ・カトリック教会に恰好の攻撃材料を与えることになる。

　従って，ビザンチン正教会としては，この異様な事件を《奇跡》ではなくおぞましい《異端》（p.310）の出来事とするか，もしくは，兄コンスタンチンとされる男が本当はその名を騙る別人であると明らかにすることで，これを単なる情痴事件として処理しなければならない事情があった。ビザンチン正教会の大主教が言うように,「この事件は葬り去らねばならぬ」（p.307），あるいは，コンスタンチンの名を騙る男が見つからない時には「作り出さねばならない」（p.308）ということになる。

　アルバニア大公自身は，政治的な理由から，ローマ・カトリック教会（ローマ）とも事を構えたくないし，自国で力を持つビザンチン正教会（コンスタンチノポリス）とも良好な関係を保っておきたいという醒めた考えである。従って，そうした「公権力」の一員である警備隊長ストレスの姿勢も，宗教的な事柄については中立的であり，その調査はあくまで客観的であっていいはずだった。ところが，《死者の甦り》の噂が民衆の間で異様な盛り上がりを見せるにつれて，これが騒動にまで発展するのを危惧した大公から，大主教と同様，事態の鎮静化を目的とした《事件》解明の指示が届く。

　《死者の甦り》や伝説の再来など信じないストレスにとって，《事件》の通俗化に向けたこうした指示は必ずしも調査の邪魔にはならないのだが，彼自身の心の中に調査を歪めかねないある葛藤が生まれてくる。役人としての責務感と私的な情念の2つの思いがせめぎ合い，いわば彼を2つに引き裂く事態が起こってくるのである。

その原因は3年前，ドルンチナの結婚式の日に遡る。

　　彼女が遠ざかっていくその時，彼は突然，理解した。しばらく前から
　彼女に対して抱いていたこの感情は恋に他ならなかったのだ。(p.260)

　ストレスは大公や大主教が代表する「権力」の側の人間として行動しなけ
ればならないと自覚しながらも，一方では，ドルンチナの帰還によって心に
再び燃え上がった彼女への恋情に支配され始める。それはドルンチナが実家
へ戻って間もなく急死した後も変わらない。ストレスには，帰還の道中で彼
女と愛欲の時間を過ごしたであろう謎の男への嫉妬と怒りがあり，彼の調査
は次第にその男への個人的な追求の様相を帯びてくるのである。
　《嫉妬》を核にしたうねるような想像力の拡がり，というのはカダレ特有
の世界だが，ストレスの想像力は謎の男の捜査が行き詰まり混迷を深めるに
つれて，妄想が妄想を呼び込み，そこでまた新たな嫉妬が生まれ，さらに妄
想が膨らんでいくという果てしない円環を描き出すことになる。
　ストレスのこうした内心のゆらぎは，周辺の人物，たとえば妻あるいは部
下との関係にほぼパラレルに反映されている。妻がストレスに示す態度は，
ストレスがドルンチナへ執着するその度合いに応じて変化する。つまり，ス
トレスがドルンチナへの想いに深くのめりこむと2人の間では争いが生じ，
一方，彼がこの事件を「ありふれた恋愛沙汰」(p.329)として特別視しない
様子を見せると妻の態度は和らぐ。家庭に平和が戻ってくる。
　では，部下との関係ではどうか。ストレスを補佐する部下は最後まで個人
名のない「部下」でしかないが，彼はこの《事件》に向けたストレスの普段
とは違う苛立ちを身近に感じ取り，困惑することによって，ストレスが抱え
る内心の混乱を浮き立たせる存在となっている。また，次の意味でもその登
場人物としての役割は軽くない。
　謎の男への嫉妬という私的感情を拭いきれずにいるストレスに代り，部下
はある段階までは（というのは，彼も後には混乱に陥ってしまうからだが）

公平で客観的な姿勢を維持していて，ストレスの本来あるべき姿を具現していると言える。いわば，ストレスの「公」の部分を担う分身のような役回りである。J.-C.ルズールJean-Claude Lesourd は，カダレ作品のヒーローたちは「合理的叡智よりも自分の情念を優先させる」と述べているが [5]，物語の途中までは，本来ストレスにある「叡智」と「情念」の「叡智」の部分を部下がかなり代行していると見ることができる。

　ストレスは当初「大公補佐官」宛の報告書の中で，《事件》について２つの仮説を提出していた。いずれも，死者が生前の約束を果たすために墓を抜け出した，という可能性は排除した上での仮説である。

　第１は，何者かがコンスタンチンと偽り，ドルンチナを騙して連れ戻した。

　第２は，ドルンチナが自分を連れ戻した男の正体を偽っている。

　ただ，ストレス個人はこうした公式の仮説とは別に幾つかの可能性を考えている。「謎の騎士とは一体何者なのだ」(p.272) という，問題の男への妄執めいた思いから出てくるものである。たとえば，ドルンチナの母親が娘会いたさに金で雇った者に連れ戻させた，かどわかした，あるいは，ドルンチナの実家か彼女の嫁ぎ先に怨みを持つ者が復讐のためにしでかした……この止めどない妄想世界では人物もものごともすべて奇妙に歪み出し，一瞬，次のような思いにまで到ることで，ストレスの妄想は頂点に達する。

　　　しかし今では，《あの女は……ドルンチナなのだろうか》，という疑い
　　を抱くまでになった。(p.274)

　断ち難い未練の対象である美しいドルンチナがこともあろうに男と逃避行を企て，それを亡くなった兄コンスタンチンを利用して誤魔化そうとした。その可能性を考える時，ストレスにはそうした官能と狡知の女のイメージがドルンチナのものとは信じられないし，信じたくもないのである。仕方ないこととはいえ，調査の中でも個人的な思いから離れられないストレスがいる。

　それでも，「井戸のように底の深い男」(p.379) と評される力量を持つ捜査

官のストレスは,《事件》は実のところそれ程単純なものではないかも知れないと感じてもいた。

> 内心の声が彼に繰り返していた。何か途方もないこと, ただの殺人とか他の犯罪などとは桁違いの何かが起こったのだ, と。(p.267)

ストレスにはこうしてコンスタンチンを名乗る男への嫉妬混じりの憤りと, 単なる情痴スキャンダルを超えた何か大きなものへの予感があり, それが彼の行動から冷静さを奪うことになっている。部下はこうしたストレスの不安定さを早い時期に見抜いていて, 自分がストレスに代わって事件を解明しようと意気込むことになる。

> もう長いことストレスを知っている部下は, あの謎の男を見つけ出し, 事件を解明しようとする上司の情熱が職務を超えてしまっていることをすぐに確信した。歩きながら, 部下はストレスの影に時々視線を落とした。ストレス本人に向き合うよりも, ストレスの心の揺れ具合が一層はっきりと読み取れた。上司とその影。彼はこの影が謎の解決のために上司の傍にすっと立ち上がってきたような気さえしたのだ。(p.269)

ストレスの動揺を示す影とは, 真相を強く求めながらもその真相に直面することを恐れている自身への苛立ちでもある。そして, 彼の《傍に》立ち上がるこの影は捜査の主役に躍り出ようと意気込むこの部下自身なのであろう。

しかし, ストレスがこの後部下に与えた任務は, ドルンチナの実家ヴラナイ家に残るすべての記録文書を丹念に調査し, 事件解明のヒントを見つけ出すというものだった。根気の要る, 地味な仕事であり, 結果として彼も(カダレお馴染みの)錯綜する文書が織りなす《迷宮世界》にはまり込み, 精神に混乱を来すことになっていく。

実際部下が調べることになる文書は, 古くからの所有権利書, 遺言状, 裁判記録, 家系図, 召喚状, 勲章関連書類, 婚姻契約書, そして書簡と多岐にわた

り，しかも，それらの文書は200年，場合によっては300年前にも遡り，ラテン語から始まってアルバニア語，そしてキリル文字からゴシック文字まで，つまり，ありとあらゆる言語と書体で書かれた，言語学，歴史学，古文書学，分類学等の様々な分野の知識を必要とするような迷宮体そのものであった。

　ともあれ，ドルンチナ事件の捜査はこうした部下の地道な資料捜査とストレスの個人的な情念に染まった捜査とが微妙に絡み合いながら進展していくことになる。

Ⅱ　「欲望の三角形」

　ドルンチナに対するストレスのどこか歪んだ想いは，コンスタンチンを名乗る男，ストレスから見ればドルンチナを不当に我がものとした男の存在によって生じているところがある。R.ジラール René Girard が言う《欲望の三角形》をこの3者の関係に見ることができよう。

　　　　人は自分ひとりだけでは，あるものを欲望することはできない。欲望の対象が間に立つ者によって示されなければならないということだ。[6]

　ここで，ストレスとドルンチナの《間に立つ者》とはもちろんコンスタンチンを名乗る男であり，彼の存在が引き金となってストレスがそれまで心の奥底に押し込めていたドルンチナへの愛なり欲望なりが一気に表に出てくることになる。それがたとえば妻との諍（いさか）い，謎の男への嫉妬や憤りともなり，また夜中にドルンチナが出てくるエロティックな夢を見ることにも繋がって，ストレスに否応なく自身の心にうごめくものを自覚させることになる。

　そこで，3者のこうした関係を踏まえた三角形を描くと一応次頁のようになる。もっとも，物語は中盤からより複雑な様相を見せ始め，それにつれて3者の関係もこの図だけで整理できる程単純ではなくなってくるのだが。

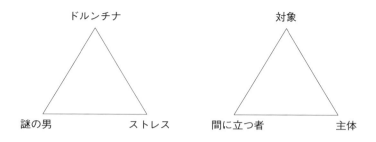

　既に見たように，この事件の捜査はストレスと部下の二人が中心になって進んでいた。そして当初は二人とも，コンスタンチンを名乗る謎の男がどこかに潜んでいると考えて，その男の発見を捜査の課題としていた。ドルンチナが急死した以上，彼の口から真相を聞き出すしかない。その意味では現実的で妥当な捜査だった。ところが，ドルンチナの実家に保存されていた文書類を調べていた部下が，ストレスに驚くべき情報をもたらすことになり，そこから事態が変化し始める。事件がいわば表層と深層の二重性で考えられるようになり，捜査は「誰が」ドルンチナを連れ戻したか，という謎の男の捜索に加えて，「何が」ドルンチナを連れ戻したか，という連れ戻しが起きた理由，すなわちこの事件の深層に潜むものの解明が新たな課題としてあらわれてくるのである。少なくともストレスの中では，関心は後者に移っていく。

　部下がもたらした報告とはこうである。部下は文書類，とりわけドルンチナの母親とその友人の伯爵との間で交わされた書簡を入念に読み込むことによって，兄コンスタンチンが生前妹のドルンチナに対して近親相姦を疑われるほど異常な愛情を寄せていたことを知ったのである。思いがけない事実に直面した部下はそれまでの冷静さを失い，コンスタンチンの激しい恋情が死後も存続して，遂には彼を墓から抜け出させ，ドルンチナ奪還に向かわせたのだと考え始める。事件は伝説そのままに《死者の甦り》によって起きたのであり，2人の帰還の旅は彼らの「新婚旅行」（p.342）であったとさえ断言するのである。

　ストレスは部下のこの見解をたわ言として斥けるが，それでもこの時から

ストレスもまた，コンスタンチンを名乗る男が本当にコンスタンチンその人であった，という可能性を頭から否定することができなくなる。それは彼が《死者の甦り》や死者と生者の交流を信じるようになったというより，むしろ，生死の境を超えてでもものごとを動かしていく人間の情念の激しさに圧倒された，その力を無視できなくなったということである。

　というのも，ストレスのこの変化を予感させるようなエピソードがさりげなく語られていた。管轄地域で最近起きた幾つかの事件の報告書を読んでいて，ストレスはひとつの強姦事件に目を止めたのである。それは埋葬されて間もない若い女性の遺体をある男が掘り出して屍姦したというものである。この事件から浮かび上がるのは，相手が死体となっていても構わず思いを遂げようとする男の激しい欲望，執着心であり，ストレスはそこに自身がドルンチナに対して抱いている思いを戦慄とともに見出していたのであろう。従って，一歩間違えれば何をしでかすか分からない，そうした激しい情念は何もこの男に限らず自身にもあり，当然コンスタンチンにもあって不思議ではない，そうストレスには思えたに違いない。

　いずれにしろ，部下のこの報告を契機にストレスの関心は謎の男の捜索よりも事件の深層にある人々の思いを突き止めたいという方向へ傾くことになる。事件を引き起こしたのは娘に会いたいという母の願いなのか，恋愛感情なのか，欲望なのか，あるいは連れ戻すという約束を守ろうとする兄の気持ちなのか……。

　一方部下の方はというと，調査の報告をした後ストレスに「お前自身が病気だ。(……) お前には休息が必要だ」(p.344) と言われ，これ以後は捜査員として目立つことがなくなる。謎の男の捜索に戻されたのであろう。文書調査に没頭している間，常に疲労困憊し，病的状態にあると語られていた部下の健康状態については，以後一切語られることがない。おそらく劇的に回復したものと思われる。結局のところ，彼のそれまでの病的症状は調査する文書から立ち昇る毒気に当てられていた，調査の中で直面することになった人間の情念のすさまじさに押しつぶされそうになっていただけのことであろう。

ともあれ，報告を契機にストレスに起きた変化は，この直後，彼を無意識にコンスタンチンが眠る墓所へ足を運ばせることになる。その時の感慨はこうである。

《なぜ，俺はこんなところに来てしまったんだろう。》(……) ストレスは死者が墓を抜け出したなんて必ずしも信じ切れないでいたのだが，しかし，そのこととはまったく関係なく，たしかにその通りのことが起こったのだった。(p.348)

ストレスも部下同様，釈然としないものを残しながらも，ドルンチナを連れ戻したのはコンスタンチンその人だったのではないかという考えに染まり始めている。そして，彼の内心の変化に対応するかのように，世間でもある事態が起こりつつあった。各地の葬儀に呼ばれる「泣き女」たちや吟遊詩人たちを通じて，この事件は様々な憶測を伴う噂となって拡散し続け，既に一部ではコンスタンチン神話とも言うべき彼を称揚する動きも出始めていた。ベーサ（誓い・約束）の遵奉者，伝統の守護者としてである。ここにおいて民衆レベルの噂とその影響を危惧する公権力の対立，というカダレ作品によく見られる構図[7]が生まれ，ストレスの捜査にかかる重圧も増すことになる。

そのストレスだが，彼の内心を先に触れた《欲望の三角形》で考えると，前とは微妙に異なっていることが分かる。

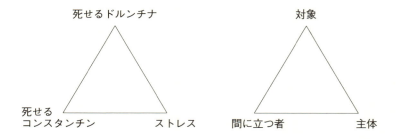

以前はストレスが愛する対象としてのドルンチナも，そして嫉妬と共に彼女への愛を掻き立てることになった謎の男も現実に生きている人間であった

のに対して，この時点においてはドルンチナは既に亡くなっており，謎の男として考えられるようになったコンスタンチンもやはり死者である。こういう死者たちを前にして，ストレスの欲望は空回りして衰えていくだけなのか。しかしストレスのドルンチナへの恋情は彼女が亡くなった後も消えてはいない。あの屍姦事件を起こした男と同じように，ストレスにも，たとえ死んでいようともドルンチナを我がものにしたい思いがあるのである。

　ところで，今のストレスには，ドルンチナを連れ戻したのはコンスタンチンであり，そしてこの《コンスタンチン》というのは現実のコンスタンチンであると同時に，死者を墓から抜け出させる程の激しい欲望，あるいは，連れ戻すというベーサ（約束）が持つ伝統の力とも感じられている。

　従って，ある意味当然とも言えるのだが，ある日部下から謎の男逮捕の報告を受けるとストレスは驚きと狼狽を隠せない。部下の目にはストレスがまるで逮捕を望んでいなかったかのように映る。捜査の当初の目標であり，事件解明に向けて大きな節目となるはずの発見であり逮捕なのだが，内心既にこの事件を通俗の恋愛スキャンダルとしては考えなくなっていたストレスにとって，ドルンチナを連れ戻した生身の男の出現はいわば不意打ちのようなものだったのである。

　　「隊長」と部下は上司があらわれるとすぐに言った。
　　「ドルンチナを連れ戻した男が捕まりました。」
　　ストレスは一瞬，あっけにとられた。
　　「まさか？」
　　部下は上司の愕然とした顔つきを，びっくりして見つめた。（……）
　　「しかし，どうしてなんだ？」とストレスはたずねた。「どうして，こんなにも突然，こんなことになってしまったんだ？」
　　「突然にですって？」
　　「つまり，その，あまりにあり得ないことのように思えるからなんだが……」

《いったい俺は何をたわけたことを言っているんだろう》とストレスは自分でも思った。今ではもう実際，自分の狼狽ぶりに気づいていた。（pp.349-350）

逮捕された男への訊問，そして男の自白は丹念に描かれている。行商人のこの男は商売に訪れた館で出会ったドルンチナに懸想し，彼女が故郷のことを心配しているのを利用して言葉巧みに嫁ぎ先から連れ出し，道中首尾良く彼女を我がものにしたというのである。また，彼女の兄コンスタンチンが既に亡くなっているのを知って，今度は「コンスタンチンとドルンチナ伝説」を利用し，死んだ兄コンスタンチンに連れ戻されたことにして２人に不倫の疑いがかからぬよう画策したのだとも語る。つまり，事件はビザンチン正教会や大公が望んでいた《愛人との道行き》（p.330）に過ぎなかったことになる。

ストレスは男から聞き取った事件の《真相》を報告書に記し，大公補佐官宛に送る。こうして謎は解明されたかのように見えた。

ところが事はここで終わりにはならない。男がすべてを語り終えたところで，ストレスは男に拷問を加えることを命じるのである。

「拷問ですって？」部下は自分の聞き間違いではないかと怖れて聞き直した。
「そうだ，拷問だ」と凍りつくような口調でストレスは言った。「そういう眼でわたしを見るな。何をしようとしているのか，自分ではよく分かっている。」（p.369）

部下ならずとも自白した後の拷問とはおかしなことである。これはドルンチナを誘惑した男に対するストレスの個人的な報復とも見えるし，あるいはストレスが男の自白内容に納得せず，まだ隠していることがあると思っての処置とも取れる。おそらく後者であろう。既に男の逮捕前，ストレスは死者

の甦りなど信じていないにもかかわらず，なぜかドルンチナの身には彼女が実家に戻ってきた時に語っていた通りのことが起こったのだ，という一見矛盾した考えを抱くようになっていた。彼が求めているのは，その不整合が不整合のままで事件が成り立つような答え，言い換えれば，ドルンチナを連れ戻したのが（どういう形であれ）やはりコンスタンチンとなるような何かである。

　それはたとえば，ドルンチナの心に死んだ兄にもう一度会いたいという強い願望があり，それが原因となってコンスタンチンが自分を迎えに来たという幻想に捕らわれた，というようなことかもしれないし，あるいは何か別の理由かもしれない。いずれにせよ，事件のそうした目に見えない深層に引きつけられていたストレスにとって，この事件が男の言うような単なる好色，行商先での軽い浮気心が原因で起きたというのは信じられないし，そのいかにも現実的な供述内容には逆に真実味が欠けているとしか感じられなかったのである。あるいは，男の供述が仮に本当だとしても，そこにはもはや二義的な意味しか見出せないような地点にストレスはいたということである。事件の具体的なあれこれを超えてこの事件の《本質》だけを見ようとしていたとも言える。

　　〈そうなのだ。他のすべて，仮説も捜査も推理も，そういうものすべては何の意味も持たないけちくさい嘘のかたまりに過ぎない。〉
　　彼は自分の思いが自由に拡がっていくこの高みにもう少し留まっていたかった……（p.348）

　ストレスが言う《この高み》とは，いわば，死者となったコンスタンチンであってもドルンチナを連れ戻すことができる，そうした特別な世界を遠望できる地点であろう。この時からストレスは，コンスタンチンが生前どんな人物だったのかを改めて調べ始める。不在のコンスタンチンと対峙することによって答えを見つけようとするのである。

Ⅲ　コンスタンチンとは何者か

　行商人の男の逮捕という新事態の出現にもかかわらず，人々の間に広まっていた事件への関心は弱まることがなく，死の国から戻って来た男としてコンスタンチンを神話化する動きも収まることがない。そうなる背景にはそれを生み出す土壌があり，事件と「コンスタンチンとドルンチナ伝説」との符号が大きく影響しているのはもちろんだが，他にも，生前のコンスタンチンが墓から抜け出してもおかしくない人物と人々に受けとめられていたということがあった。

　そのことを象徴的にあらわしているのが，《コンスタンチンの弟子たち》（p.379）と呼ばれる4人の若者たちとストレスの会話である。若者たちはコンスタンチンのいわば分身であり，ストレスの前で生前のコンスタンチンの実像を浮かび上がらせるのである。

　部下が行った文書調査によって，コンスタンチンが妹ドルンチナを過剰なまでに愛していた事実や，過激な政治的主張によってとりわけビザンチン正教会から警戒されていたことは，既に明らかになっていた。そして，4人の若者の口から語られるコンスタンチン像もまさに若き愛国者のそれであり，コンスタンチンはベーサ（約束）やカヌン（掟）などのアルバニア古来の倫理規範への回帰を唱えて，外来の制度や文化を排斥しようとしていたのである。彼の思想と行動が明らかにされるにつれて，物語は破綻的とも言える程のねじれを見せ，一気に観念的な様相，そして政治的な様相を帯び始める。

　若者たちは生前コンスタンチンが語っていた政治的メッセージをストレスに伝える。ローマ・カトリックとビザンチン正教会という2つの宗教，西洋と東洋という2つの世界の間でもがき苦しんでいるアルバニア，その祖国を立て直す時が来ている……等々。

　ストレスは若者たちの口から語られるコンスタンチンの復古主義的，あるいは民族主義的な政治思想に惹かれていく。というより，その思想の根底に

ある，若者たちの言う《別の世界》（p.384）という考えに心を動かされる。
《別の世界》というのは，どうやら，外来の政治・文化の影響下にある今の
現実世界の奥に潜在するアルバニア人のスピリットに重きを置く世界，そし
て伝統的なその精神を基盤として構想される世界のことのようである。現実
には精神世界として心の中に存在するだけのその世界が，しかし，コンスタ
ンチンや若者たちにおいては《もうひとつの現実》として確かな実在性を持
ち，彼らが生きているのはそちらの《現実》だというのである。

　　「コンスタンチンやわたしたちみんなが議論し，頭の中で考え，眼にし
　ていたのはベーサが支配する新しい次元の別世界だったのです。この世
　界では，すべてが違っているかもしれません。」
　　「しかし，君たちはやはりわたしたちのこの世界に生きているのではな
　いのかね」とストレスは言った。
　　「たしかに，そうですね。しかし，わたしたちの一部分，それも最良の
　部分は，別の世界で生きているのです。」（p.384）

そして若者のひとりははこう結論する。

　　「この別の世界で，ドルンチナを連れ戻したのは，彼，コンスタンチン
　なのです。」（p.385）

　何よりもベーサ（誓い・約束）を重視していたコンスタンチンであれば，
死者となってもベーサを守ろうと墓を抜け出て不思議ではない。そう考える
若者たちにとって，コンスタンチンはいわばベーサそのものであり，あるい
はアルバニアの本来の魂を体現する存在なのである。加えて，この事件にお
けるコンスタンチンはその《甦り》によって，人々が亡くなった愛する者に
抱く一度でもいいから戻って来て欲しいというはかなくも強い願望に応える
存在でもあった。

ストレスは若者たちとの会話から見えてきたコンスタンチン像を受け入れたようであり，ここにおいて，ドルンチナを連れ戻した者を《コンスタンチン》とすることを可能にするひとつの地平を見いだしたと言えよう。

　それはすなわち，この《コンスタンチン》はコンスタンチンであってコンスタンチンではない，人々の心の奥底に眠る民族の魂を目覚めさせ，人々の根源的な願望に応えようとする者なら誰でもが《コンスタンチン》なのだということである。ストレスのなかでコンスタンチンの象徴化が始まっている。

　先の《欲望の三角形》に沿って言うなら，ストレスはここで「死せるドルンチナ」と「死せるコンスタンチン」の2人と同じ地平に立つことができたということかもしれない。生きている時のドルンチナ，生きている時のコンスタンチンはストレスがその人生に介入することもできない，その意味で手の届かない遠い存在だったが，死者となった2人からはストレスの接近を阻む個人性が薄らぎ，その意味合いだけで受けとめることができるようになった。より近い存在になったのである。

　問題はこうした地平に立つストレスが「死せるドルンチナ」へどう接近し，彼女への《恋情》なり《欲望》なりをどう解決するのかであるが，それは物語終章の集会におけるストレスの演説，及び，その後のストレスの行動において明らかにされることになる。

　この集会というのは，民衆の間に沸騰していた《これまで聞いたこともない拡がりをもった噂》（p.303）を沈静化させるために公権力が設定したものである。ストレスはビザンチン正教会の指名を受け，捜査責任者として《復活》の噂，そしてコンスタンチンの神話化を全否定する手筈になっていた。

　しかし，演壇に立ったストレスが語ったのは全く正反対の内容である。先ず，拷問の結果判明したこととして，ドルンチナを好色な動機から連れ出したとされる行商人は，ある人物からそう証言するよう金で頼まれただけで，実際にはドルンチナに会ったこともないということである。依頼者が誰かについてストレスは沈黙するが，おそらくビザンチン正教会の人間であろう。

　そして，肝心の誰がドルンチナを連れ戻したかについては，こう語る。

「誰がドルンチナを連れ戻したのか，その点にもお答えいたします。わたしはこの事件を任されたのですから（……）」
　　「ドルンチナを連れ戻したのは，コンスタンチンだったのです。（……）もっと正確に言うなら，コンスタンチンを通じて，われわれ全員がドルンチナを連れ戻したのだということです。」(p.397)

　ストレスはこれに続けて，コンスタンチンが至高の規範と見なしていたベーサに代表されるアルバニアの伝統的なモラルを称揚し，そこへの回帰を訴えることになる。集会は事件解明の場というより，集まった群衆の心に民族の魂を呼び起こすアピールの場となった感がある。客観的な事実として一体誰がドルンチナを連れ戻したのか，それはストレスの断言にもかかわらず，やはり謎のまま残されたと言う他はない。
　注目すべきは，この物語自体のメッセージのようにも見えるストレスの熱い演説内容は，本来コンスタンチンの口から語られるべきものであったということである。ストレスはコンスタンチンに代わって語っている，あるいはコンスタンチンに成り代わっている，同一化していると言えよう。そしてそのことは，ストレス個人の思いの中では，コンスタンチンと化した自らが遠い異国へドルンチナを迎えに行き，彼女と一緒に故郷への旅に出ることであったのであろう。願望は満たされたのである。
　ストレスはこの日，警備隊長の職を辞し，妻も部下もその行方を知らない馬上の人となって人々の前から姿を消す。あたかも彼がこれまで追い続けてきた謎の男，謎の騎士，謎のコンスタンチンその人になったかのように。物語の終章，民衆のひとりが呟く。

　　「ドルンチナを連れ戻したのは，実は，彼，ストレスだったのではあるまいか。」(p.400)

144

おわりに

　カダレはこの作品に物語の複数の流れを混在させ，ポリフォニック(多声音楽的) な効果を生み出すことによって作品に拡がりとふくらみを与えていた。

　　　同一の場面が複数のカメラで撮影されるが，その中で最良のものが採用されるということではない。カダレはそれらすべてを突き合わせる。それはトータルな視点を得るためだ。『誰がドルンチナを連れ戻したか』でも同じ手法が用いられ，あるひとつの事件をめぐる様々な物語を対立させながら捜査が進められていく。8)

　確かに，この物語は表層では謎の男の捜査，逮捕，自白を通じて事件の真相に迫るという形を取っていて，それはそれで謎解きの興味は尽きないのだが，同時に事件の深層を探るというところでは，幾分観念的ではあるにしても，ストレスが自らをコンスタンチンと同化させることで愛しいドルンチナを奪還するに到る物語として読むことができるだろう。

　ここでコンスタンチンという人物は，ストレスが次第次第に引き寄せられるひとつの磁場のような存在である。謎の男としてのコンスタンチンはストレスの中で眠っていたドルンチナへの想いを再燃させるとともに，結果的にはストレスを自分が唱導していた民族主義的な思想へと傾斜させ，さらに集会での演説によって民衆の前に政治的ヒーローとして現出させることになった。

　先の《欲望の三角形》に沿って言うなら，ドン・キホーテにとっての騎士道物語，『ボヴァリー夫人』のエンマにとっての恋愛小説のように，刺激剤として夢想を掻き立てるもの，もしくは向かうべきモデルとして心を熱くさせるものが，ストレスにとってはコンスタンチンとドルンチナの故郷への旅であり，ストレスのコンスタンチン化はモデルとの一体化によってドルンチ

ナへの恋心を成就させるものであった。

　最後に，政治的なレベルで見た場合，連れ戻されるドルンチナにはどのような意味が込められていたのだろうか。図式的に言うなら，彼女は遠くに去ってしまった古き良きアルバニアのメタファーであろう。そしてストレスの演説にあったように，ドルンチナを連れ戻したコンスタンチンに倣（なら）って《われわれ全員》（p.397）が彼女を連れ戻すこと，それがアルバニアに課せられた課題だということになる。

　ただ，それが必ずしも作者カダレがこの作品に込めたメッセージのすべてではない，と思わせるところが物語の最後に見受けられる。ストレスの演説をきっかけに国内では伝統回帰の復古主義的な風潮が高まり，外来文化の排除，民族の純粋性を守るために他国の者や異民族との結婚の抑止などを主張する者たちが出てくる。そんな中，ひとりの娘が何ごともなかったかのように他国へ嫁いでいった，と伝えて物語は終わっている。

　カダレに民族の伝統を重んじる気持ちがあるのは間違いないにしても，それが復古主義や民族主義になった時には偏狭さや頑迷さに陥る恐れがあることを彼はよく理解しているのである。呆気にとられた大人たちを尻目に他国へ嫁いでいく娘，自国の伝統であれ他国の文化や血であれ，自分の人生の糧となるものなら何でも受け入れて広い天地を生きようとする若い生命，その逞しさこそがカダレの真の思いに叶うものだったのではないかと思える。

（論文初出　2001年）

【注】

　使用テキスト：Ismaïl Kadaré *Œuvres*, Tome premier (Fayard, 1993)

1）Eric Faye：*Ismaïl Kadaré, Prométhée porte-feu* (José Corti, 1991) p.33
2）Eric Faye：Introduction d'*Œuvres*, Tome premier (Fayard, 1993) p.38
3）《梗概》
　　地方の警備隊長ストレスのところにひとつの報告がもたらされる。ヨーロッパの遠い異国に嫁いだヴラナイ家の一人娘ドルンチナが，３年前戦争で死んだはずの兄コンスタンチンに連れられて母のもとに帰ってきたというのである。「死者の復活」

の噂を恐れるビザンチン正教会はこの事件を単なる情痴事件として抹殺しようとする。その任務を負わされるのがストレスである。

　彼女を連れ戻したとされる正体不明の男を探し出すこと，そして，ドルンチナの帰還が愛人との道行きに過ぎなかったと証明すること，これがストレスの当初の目的であったのだが，「コンスタンチンとドルンチナ伝説」に導かれるように，ストレスは次第に軌道を逸れていく。コンスタンチンを名乗る男を突き止めること以上に，亡くなったコンスタンチンその人への関心が強くなっていくのである。

　コンスタンチンとはいかなる人物だったのか。この問題を探るにつれて，ストレスは事件の背景にある伝説に引き込まれ，やがては自らをコンスタンチンに同化させ，彼に代わるひとりの政治的ヒーローとして生まれ変わる。

4 ）Eric Faye：op.cit. p.33

5 ）Jean-Claude Lesourd：*Ismaïl Kadaré et le romantisme; Ismaïl Kadaré gardien de mémoire*（Sepeg International, l993）p.175

6 ）René Girard：*Mensonge romantique et vérité romanesque*（Grasset, 1961）の裏表紙解税による。

7 ）《噂》のもつ強力な意味作用について，それが物語の生成に作用を及ぼすほど強力なものであることをカダレは他の作品，たとえば『3つのアーチの橋』*Le Pont aux trois arches*（1978），『草原の神々の黄昏』*Le Crépuscule des dieux de la steppe*（1978）等の作品で鮮やかに示している。民衆 vs 公権力という対立の構図，あるいは，ことの本質は常に噂の側に潜むという主張は彼の政治的姿勢からして当然のことかも知れない。

8 ）Eric Faye: op.cit. p.91

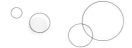

イスマイル・カダレ

『夢宮殿』

はじめに

　イスマイル・カダレ Ismaïl Kadaré（1936 - ）の多彩な作品群はそのテーマによって幾つかのジャンルに分けられるが，本質的な部分はやはり濃密なバルカンの匂いに充ちた『3つのアーチの橋』*Le Pont aux trois arches*（1978），『砕かれた4月』*Avril brisé*（1980），そして『誰がドルンチナを連れ戻したか』*Qui a ramené Dorntine?*（1980）などのバルカン伝説に基づいた一連の作品だろう。[1]

　ここで，「本質的」というのは，これらの作品にカダレ文学の原点とも言える「郷愁としての永遠のアルバニアという理想化されたイメージ」が最も明瞭に認められるからである。[2]

　また，カダレには本来どのようなジャンルの作品であれ一貫して反権力，反体制，あるいは反全体主義というモチーフがあるのだが，上記の作品にはいわば文学的なカムフラージュが施されていて，はっきりとした形ではこの反権力性が表面化していない。

　この文学的なカムフラージュというのは，バルカン半島固有の伝説・神話・慣習をベースにすることで作品の舞台となる空間・時代をずらし，《ア

ルバニアの現在》を異った位相あるいは過去の別な国での物語として描くことであり，それが文学作品としても成功しているということである。

　カダレは，反体制的な作家に対する体制側の監視・締めつけ・関与は極めて念入りに練り上げられていて優美でさえある，という意味のことを常々語っているが，[3] その巧緻さに戦略的に対抗する形で自らの作品のテーマの暗喩化を試みたということになる。

　しかしながら，これらの作品の出版当時まだ全体主義国家であったアルバニアの文学界で《恐るべき子供》[4] と見なされていたカダレは，どのようなカムフラージュを施していたとしても，当然のことだが，幾つもの作品が検閲機関によって発禁処分とされたり，国内の作家同盟からの非難・批判にさらされることもあった。しかし，たとえば同じ反体制的な詩人V.ジチVisar Zhiti のように直ちに投獄という事態にはなぜかならなかった。[5]

　たしかに，カダレは自らの政治信条を韜晦することに巧みであり，実際のところが不可解だというのはしばしば指摘されることである。[6] そのため時には，本当は政府側の人間ではないか，という噂が立ったりもした。カダレが投獄を免れたのは当時の最高指導者E.ホッジャEnver Hodjaと親交があったためという声もあるが，カダレ自身が語るところでは，既に外国ではカダレの名前が知られ過ぎていたために，名目上は民主的な姿勢を国際社会で示す必要があった当時のアルバニア政府にとっては，カダレの逮捕・投獄というのは政治的な理由から好ましくない，とされた事情もあるようである。[7]

　加えて，祖国に古くから伝わる伝説・神話を中心テーマとして掲げたカダレの作品は祖国の伝統という強固な枠の中にあるために，権力側も余り強硬な措置には出にくかったかと思われる。

　一方，先に触れたように，カダレには発禁処分を受けた「全体主義についてのアレゴリー的文書」[8] と呼ばれる一群の作品がある。『怪物』 Le Monstre (1965)，『月明かり』Clair de Lune (1985)，『コンサート』Le Concert (1988)，そして本稿で検討する『夢宮殿』Le Palais des rêves (1981) 等の作品である。たしかにこれらは，明示はしないもののある独裁的

支配体制下の世界を描いていて，その点ではかなりラディカルと言える。

《政治的》とされ発禁処分に遭った『夢宮殿』であるが，作品としては文学的陰影に富む興味深い物語が展開している。政治性と文学性の両方を念頭に置きながらこの作品が持つ魅力を，以下，ストーリーを追いながら考えてみたい。

I

この物語はカダレ自身が「オスマン帝国の装飾を施した」と語っているように[9]，19世紀末のオスマン帝国の首都（コンスタンチノープル）を舞台にしていると一応は考えられる。

「一応」というのは，物語では国や時代について敢えて明示をせず，作中の断片的な文言から推測させる形になっているからである。言い換えれば，全く虚構の，「世界のどの地域にも，あるいはどのような歴史を辿ってみても，このような国は見出せない」[10]という設定なのである。

ともあれ，この国には，「夢宮殿」（タビル・サライ）と呼ばれる奇妙な官庁が存在していて，帝国の人民が見た夢がここに集められ，「選り分けられ，分類され，そしてファイル化」[11]されている。人々が全国にある支所に自主的に申告した夢もあれば，国家が独自に収集した夢もある。首都にある夢宮殿はそうした夢を最終的に統括するところである。

何のために国民が見た夢をあらゆる地域から集め，分析し，管理するのか。それは，彼らが見た夢の中に国家の存亡に関わる危機の予兆・予告を宿すものがあるかもしれないからで，いわば国の危機管理の一環として夢を調べるのだということになっている。

《夢占い》がそうであるように，夢に出てきた事柄に何らかの象徴性を見出し，その意味を探って夢の吉凶なり重要性なりが判定される。しかし，判定する側のある意味恣意的な解釈を根拠とするこうした《予知夢》探索のシ

ステムというのは，ここでは寓話的な形で描かれてはいるが，もし夢の中に人々が心に抱く考えや願望が隠れていると考えるならば，これは民衆の思想を調査し管理するシステムだとも言えるだろう。また，申告した夢が帝国に有益な情報をもたらすものであった場合には報賞が出ると噂されていて，その点からすると報賞目当てで実質密告でしかないような《夢》の届け出もあるだろうと考えられる。一見全くの虚構としか見えない夢宮殿のシステムではあるが，強力な管理機構として見る限り，強圧的な政治・社会状況においてはいくらでも似たようなものが存在し得る，そうした恐怖のシステムとして現実味を帯びてくる。

カダレの別の作品『砕かれた四月』で描かれている《血の税》の収奪システムにも似て，国家が国民から情報を収集する仕組みがそのまま国民を統制する仕組みともなっている。そして必要とあれば情報（夢）を捏造し，権力にとって不都合な人物を罪に陥れる手段としても機能するのである。

物語は主人公の若者マルク＝アレムがこの官庁で働くことになり，初めて夢宮殿を訪れる場面から始まる。以後の展開は彼がこの組織の中で戸惑い，苦しみ，疲弊しながらも，名門の一族ということで異様な昇進を遂げ，やがて組織に同化していく様子を描くことになる。もっともそれは，彼が次第に人間性を失っていく一種の《地獄下り》として語られていくのだが。

ともあれ，一読して明らかなように，物語全体を支配しているのはいわゆる《カフカ的》な迷宮性である。すべてが謎のままで進行する。夢宮殿の建物自体どこにも各部署を示す指標が存在せず，無表情に同じような廊下，同じようなドアが続くだけで，マルク＝アレムを庁内で何度も迷わせることになる。興味深いのは，彼が夢の「選別」や「解釈」の仕事をするようになった後に建物内で迷うのは，決まって職務上の問題を解決するために他の部署を訪れようとする時だということである。行き先が見つからずさまよい歩く姿は，彼が抱えている問題，すなわち夢を正しく解釈するということの難しさ，あるいは解釈不能性，さらにはこの仕事自体の意義についての漠然とした疑念をあらわしているとも言える。掴もうとして掴めない核心との距離感

が迷路の中の彷徨という形に暗喩化されているのである。

　夢宮殿で働く数百人あるいは数千人とも知れぬ職員は，マルク＝アレムを除いては誰ひとり，個人名で語られることがない。長官であったり，部長であったり，同僚であったり，どこそこの部署の職員であったりするだけである。職員相互の関係も，休憩時間の慌ただしい会話，勤務時間中のひそひそ話はあるものの，親しい付き合いがあるようには見えない。少なくともマルク＝アレムにとってはそうであり，親しみを覚える職員もいなくはないのだが，部署が違っていて関係が深まることはない。個人性が希薄でいわば役割だけの存在のような職員たちだけに，彼らが黙々と働いて動かしているこの夢宮殿の組織そのものも，冷たく不気味な印象を強めることになる。

　さらに，この組織の構成についても曖昧なところ，全体像が見えない迷路性がある。

　前に触れた通り，首都の夢宮殿を中枢とするこの組織は，帝国内のどのような辺境に住む者の夢も全国におよそ1900を数える支所を通して回収する。そして支所での予備選別で重要とされた夢を夢運搬人が夢宮殿まで運んでくるようになっている。夢宮殿ではそれらの夢を「受理」した後，重要度の「選別」を行い，特に重要と見なされた夢についてはその意味を「解釈」し，最終的には「保管」となる。それぞれの仕事に専門の部署があり，マルク＝アレムは最初「選別」部に配属され，間もなく「解釈」部に移る。最も権威があるのが「解釈」部であり，そこの職員は他の部署の職員から《タビルの貴族》と呼ばれている。

　しかしマルク＝アレムはすぐに，この組織がそれ程単純なものではないことを知らされる。

　　「実際は，すべての部局は２系統になっている。つまり，〈通常のタビル〉と〈秘密のタビル〉があり，両方に局員が配置されているんだ。」
　　（p.39）

「タビル」は夢を管理するこの組織のことであり，国民が自主的に申告した夢を扱っているのが「通常のタビル」，国家が独自の手段で収集した夢を扱っているのが「秘密のタビル」である。「秘密のタビル」の方は，《秘密》と呼ばれているだけに，部局の責任者も職員数もそして建物のどこにそれが所在するのかもはっきりしない。そしてこれら《表》と《裏》の両系統から上がってきて「解釈」部が重要と判定した夢は，この後さらに「重大夢」部というところで審査され，皇帝に週に一度報告する夢が選ばれることになっている。マルク＝アレムが当初組織の頂点に位置すると思っていた「解釈」部は，重要部署ではあっても最終地点ではなかった。

建物構造の迷路性，そしてタビルという組織形態の迷路性，どこがどうなっているのかがよく分からないまま，しかしマルク＝アレムは目の前の仕事を忠実にこなす日々を送っている。彼を不安にさせるこの不透明感，謎のイメージは物語の最初から最後まで変わることがない。

そして，これにまた，マルク＝アレムが日常業務として「解釈」しなければならない多くの夢の不可解さが加わる。彼は短期間で異例の昇進をとげ，「解釈」部に配属された。注目すべきは，夢を解釈するこうした作業自体が，実は，とりとめない夢の中に，あるかどうかも分からない1本の筋道を探して他人の内部へ降りていく迷路行のようなものであるということである。こうして，迷路めいた夢宮殿の中で夢そのものの迷路の中をさまようマルク＝アレムの日々は，まじめに仕事をすればするほど，重層する謎の重みで次第に《地獄下り》の様相を呈するようになる。

前に述べたように物語が総体として不透明感に蔽われた世界となっているのは，語りの視点が「呪われた宮殿」（p.151）でこうした何重もの迷いの中にあるマルク＝アレムの視点に限定されているためであり，われわれ読者にもマルク＝アレム以上の認識は閉ざされている。E.ファーユEric Faye が指摘するように，カダレ作品では多くの場合登場人物はものごとの全体像がよく見えない位置に留まっている。[12] マルク＝アレムの位置もまた同じなのである。

『夢宮殿』のような作品の先行例としてはF. カフカ Franz Kafka の『城』

や『審判』がすぐに想起される。そして，物語全体をそのカフカ的不可知の世界としているこの不透明性のヴェールは，単にカダレの政治的な韜晦の手法というだけではなく，文学手法としても入念に考えられたものであろうと思われる。そこから生まれる物語の謎めいた雰囲気は，読者にとってはまさに迷宮を行く面白さとなっているのである。

　先のE.ファーユは，同じような統制国家，管理社会をテーマとするA.ハクスリーAldous Huxley の『見事な新世界』と比べながら，『夢宮殿』は「むしろ詩から生じたものであり，『見事な新世界』のような科学的な厳密さを持たない，幻想的な悪夢に係わるものだ」と論じている。[13] 悪夢的な世界ということであれば，たしかにマルク＝アレムが生きているのはそうした世界である。

Ⅱ

　マルク＝アレムが《解釈》を受け持った夢の中に彼をひときわ悩ませる夢がある。《八百屋の夢》であり，その《解釈》に苦しんだこともあって，何かある度に彼の脳裏に甦るのである。

　マルク＝アレムとこの夢の《出会い》は物語を通して４度あるが，部署を変る度に彼の前にあらわれ，また彼の一族に災難が降りかかった際にも，この悲劇に関連した夢として思い起こされる。この夢にマルク＝アレムはいわば付きまとわれるのである。

　最初の出会いはマルク＝アレムが夢宮殿の「選別」部で働き始めた頃である。

　　とある橋のたもとの，人がゴミを投げ込む空地のような打ち捨てられた土地。塵埃に混じって（……）奇妙な形をした古い楽器。この楽器が誰もいない拡がりの中でひとりでに曲を奏で，その響きに一頭の雄牛が

怒り狂い，橋の下で唸り声をあげる……〈芸術家の仕業だ〉とマルク＝
アレムは結論を下した。(p.55)

当初は，仕事のない音楽家が苛立ちの中で見た夢だろう，と考えて「無価
値」と処理しようとしたマルク＝アレムだが，これが首都在住のある八百屋
が見た夢だと分かると，そのギャップを無視できなくなり，併せて自分の夢
を「無価値」とされた八百屋が文句を言ってくる可能性があるのを怖れ，結
局「価値あり」に分類してしまう。最初は当惑を，次いで忌々しさを引き起
こし，心の平静をかき乱した夢である。その夢を「解釈」部に移った後，再
び目にすることとなる。

　〈……ん？〉，マルク＝アレムはその一行目に見覚えがあると分かって
　狼狽し言った。この夢に出会ったのはいつだったろうか。橋の近くのゴ
　ミだらけの空地，そして楽器……マルク＝アレムは驚きの叫びをあげそ
　うになった。(……) ゴミに蔽われた空地，古い橋，見たことのない楽器，
　そして怒り狂った雄牛……(pp.109-110)

今や《解釈》が仕事のマルク＝アレムは，再会したこの夢の意味を読み取
ろうと試みる。

　〈雄牛（制禦できなくなってしまった荒々しい力）が，音楽（裏切り，
　秘密，激しい喧伝）に煽られて，古い橋を壊そうとしているのか？〉
　(p.110)

解き難い象徴の束を前に困惑したマルク＝アレムが夢に「解読不能」の評
価を下そうとしたその時，仕事を中断させることになる「今夜中に解読され
なければならない緊急のファイル」(p.112)の解析作業が入る。そのためこ
の夢は保留の状態で残される。そして後に他の職員によって解釈を施され，
それが「重大夢」部を経て皇帝にまで届き，遂にはマルク＝アレムの一族に

災厄をもたらすものとなるのである。

マルク゠アレムは夢の解釈に迷うだけでなく，自身が下す解釈を素直に表明するのを躊躇するようになっていた。それには理由があり，この「緊急ファイル」解析の挿話は「解釈」に携わる職員たち誰もが疑心暗鬼の神経を苛まれる状況にあったことを伝えるものである。「タビル」という組織の非情な実態がより明らかになる。

先ず「緊急ファイル」として届けられた夢がどのようなものだったかを見てみよう。

　　この夢は全くもって途方もない夢のように思えた。11世紀，虎の無数の死骸の腐臭が匂い立つ草原を一列になって走り去って行った案山子（かかし）の一団の描写から始まっていた。彼らはカルトーホ……ルトホ……クルト火山（この火山の名前は火山の西側面が沈み込んでいくのと全く同じように，絶えず崩れ落ちていた）に向って呪詛の叫びをあげているようだった。この間，草原の上空には狂気の星が一つ光り輝いていた。（……）〈正気じゃないな〉とマルク゠アレムは思った。

　　他のページは地獄の描写にあてられていた。普通思い浮かべられる地獄とは違って，この地獄には人間はいなくて，歪んだ姿で累々と横たわるのは死せる国家だった。帝国，首長国，共和国，立憲君主国，連邦国……（p.117）

マルク゠アレムはさらに読み進み，これらの国がいつかは甦り再び地上に姿をあらわすことがあり，その時には名称も紋章も国旗も変わってはいるが，実質は同じままだ……というくだりを眼にして，この夢の作り手の意図を悟る。そして，これは《囮（おとり）の夢》ではないか，と警戒するのである。

　　しかし，なぜこの夢が，他の誰でもなく，彼のところへ委ねられたのか？とりわけ，こんな風に就業時間の後になって，しかも緊急という形で？彼は背中を悪寒が走るのを感じた。（p.117）

マルク＝アレムはこの夢を解釈し，これは「国家を挑発する目的を持ち，これこれの意図，かくかくしかじかの当てこすりを含んで創り出された夢」（p.118）であり，オスマン・トルコ帝国もまたこの地上に甦った古代の残虐な国家のひとつなのだと言おうとする夢，と評価しようとした。

しかし，その時ある懸念に捕らわれる。「マルク＝アレム君，君はなぜこうした類の問題に通じているのかね？」（p.118）と上司に質される恐れである。

「解釈」部員は国民の夢を解釈することで国家に迫る災いを察知することが仕事だが，それは同時に，国家にとって危険な人物を夢の中味からあぶり出すことにも繋がっていた。そして，そのように国民を監視するその部員たちも，夢をどのように解釈・評価するかを上司から監視されているのである。夢はその時，解釈する者の内心を暴き出す装置として機能し始める。解釈の正当性は二次的な問題となり，解釈内容は部員の人物判定の材料となるのである。

解釈を示さなければ部員としての力量が疑われるが，だからと言って，帝国を中傷する内容の夢を余りに鮮やかに理解した解釈を出すのは自身への疑惑を招くことになりかねない。この種の葛藤はそのまま，独裁体制下のアルバニアでカダレが直面していた問題だったのかも知れない。「夢宮殿」（タビル・サライ）とは，国民の中で最も優秀な数千人もの頭脳を抱え込むことによって，一方では国民の隠れた内面を探らせ，一方では優秀な故に危険ともなり得る彼らを常時監視の下に置く巧妙な仕組みでもあったのである。

マルク＝アレムが「解釈」部に配置された理由もこのあたりにあるのだろう。オスマン・トルコ帝国の支配下にあるアルバニアの名家キュプリリ家はこれまで幾人もの大臣や高官を輩出して帝国内で大きな力を持ち，皇帝の警戒心の対象となっている一族だが，マルク＝アレムはその一員なのである。従って，マルク＝アレムを夢宮殿の職員として雇い，「解釈」部に配置したのは，彼の仕事ぶりや《解釈》の傾向を分析することでキュプリリ家の動向を探る意図があったのかもしれない。

Ⅲ

　すべての背景には，皇帝がキュプリリ家に対して抱く信頼と猜疑が入り混じった複雑な感情がある。キュプリリ家への信頼は，これまで一族の多くの者を帝国の大臣や高官に任命してきたことにあらわれているし，皇帝と対立し得るまでの権勢を誇るキュプリリ家への警戒心は，時々の弾圧となってあらわれていた。夢宮殿の官僚組織は皇帝の情報機関としてキュプリリ家の動きを探り，弾圧の口実を見つけ出す役割をも果たしてきたのである。

　マルク＝アレムが所属する夢宮殿と彼がその一員であるキュプリリ家とは，その意味では敵対関係にあると言ってもよく，マルク＝アレムは非常に微妙な立場にいることになる。最初のうちはそのことに気づかないマルク＝アレムだが，やがてキュプリリ家の人間で大臣として体制の中枢にいる伯父との面談から，皇帝と一族との間に今現在目に見えない闘争が進行しているのではないかとの疑いを抱き始める。

　その不穏な空気を感じるのと歩調を合わせるかのように，マルク＝アレムの前に≪八百屋の夢≫が幾度もあらわれて，彼の神経を苛立たせ，悩ますことになる。つまり，マルク＝アレムは無意識のうちに《八百屋の夢》に不吉な気配，キュプリリ家の者たちに災厄をもたらすかもしれない何かを感じ取っていたのであろう。ただ，それを明確に危機として意識することはできなかった。

　結果として，ある夜，一族の者たちが集まってアルバニア人の吟遊詩人たちの歌に耳を傾けている最中，皇帝警察が乱入し，マルク＝アレムの伯父のひとりクルトが反逆の疑いで逮捕，連行され，間もなく処刑されるという事態になる。さらに，その伯父クルトが呼び寄せていたアルバニア人の吟遊詩人3人もその場で虐殺される。

　キュプリリ家の一族は数百年来，年一回一族の晩餐会を催し，その場にスラブ系の吟遊詩人を招き，一族の名誉を称える歌を聞くのが慣わしだった。

それがこの夜は初めて，伯父クルトが一族の出自であるアルバニアから吟遊
詩人たちを呼んでいたのである。問題は彼らを招いた意味であり，彼らが歌
う歌の内容である。

　吟遊詩人たちが手にする「ラフタ」という伝統楽器はマルク＝アレムがは
じめて眼にするものである。また彼は，吟遊詩人たちが歌うアルバニア語の
歌詞を理解することができない。伯父クルトが通訳してくれて，ようやく歌
詞の意味を知るのである。見逃せないのは，自分がすっかりオスマン・トル
コの人間になっていてアルバニア人でなくなっていることを思い知り，マル
ク＝アレムがそれを恥じていることである。吟遊詩人たちはマルク＝アレム
の中に眠るアルバニアの魂を呼び覚ます存在だったということになる。

　歌の内容もアルバニア民族の数百年にわたる苦難を嘆くものであった。た
とえば「橋のバラード」。中世アルバニアに建造され，その後のオスマン・
トルコの侵攻を容易にした「3つのアーチの橋」建造にキュプリリ家は深く
係わり，帝国内での名門としての歴史がここから始まっていた。同時に，ア
ルバニアにおいては，祖国を裏切った一族として汚名を負うことにもなった。
招かれたアルバニアの吟遊詩人たちが見せるどこか冷ややかな態度はその反
映なのだろう。キュプリリ家の帝国におけるプラスとマイナスの歴史を担う
この「橋」という言葉は，キュプリリ家の代名詞なのである。

　吟遊詩人たちの歌には，オスマン・トルコ支配以前のキュプリリ家の武勲
を称えるものもあり，その民族性の濃厚さから，一族と皇帝の間に保たれて
いる危い均衡を揺るがしかねない不穏な内容を含んでいると言えた。マル
ク＝アレムはここで吟遊詩人たちが奏でる楽器「ラフタ」をきっかけに，あ
の《八百屋の夢》を思い出すことになる。

　　夢のようにぼやけてはいたが，記憶に甦ってきたどこかの商人が見た
　夢が，突然マルク＝アレムの心を横切った。あの夢では，空地の中央で
　鳴り響くある楽器が問題となっていた……（p.188）

古い橋。見知らぬ楽器。猛り狂う雄牛。《八百屋の夢》とアルバニアの吟遊詩人たちの歌が重なるのは，まさにこの時である。おそらくこの物語の核心は，2つが交差したその瞬間にあるのだろう。一族の出世頭である大臣の屋敷で催された晩餐会への皇帝警察の乱入，伯父クルトの逮捕，そして吟遊詩人たちの虐殺という血生臭い惨劇が，実は物語の初めから密かに準備されていたことがここに到って明らかになる。《八百屋の夢》はこの惨劇を反逆への対抗措置として正当化するために予め用意されていたものだったのである。

　　　今となって，問題の夢の意味はマルク＝アレムにとって火を見るよりも明らかになった。キュプリリ家（橋）が，アルバニアの吟遊詩人たちの歌を聴くことで（楽器），帝国に逆らう何らかの行動を取ろうとしている（猛り狂った雄牛）という意味だったのだ。
　　　〈どうして，もっと早くそのことを思いつかなかったのだろう！〉
　　（p.205）

マルク＝アレムはようやく《八百屋の夢》の真の意味に辿り着いたのである。しかし，その後に起きた数々の出来事はマルク＝アレムの理解を超えたものであった。彼の視点から事態の推移を追うしかないわれわれ読者にも，意外で謎めいた展開となる。すなわち，夢宮殿の「解釈」部長や何人もの高級官僚の逮捕。多くの職員の配置転換。逮捕されていた伯父クルトの処刑。そしてマルク＝アレムの「長官第一補佐官」への任命。これは長官が老齢で病気がちなため，実質的には夢宮殿の最高位への昇進である。国家への反逆を疑われた一族の身でありながら，なぜ彼は罰されもせず，逆に組織の最高責任者に抜擢されたのか。

官庁内の噂としては，問題の夜のうちに大臣である伯父やキュプリリ家の有力者たちが電光石火の「反撃」（p.215）を演じ，それが功を奏したのだということである。だがそれならなぜ，一族の伯父クルトはその後処刑されたのか。マルク＝アレムにとってすべては謎のままである。

あの夜の謎, キュプリリ家に加えられた打撃, 引き続いて起こった彼らの反撃の謎は, これまでまだ解明されないままだった。(p.228)

　結果から見れば, 一連の出来事は皇帝とキュプリリ家との奇妙で陰惨な政治的取引であった可能性が高い。帝国の大臣であるマルク＝アレムの伯父は, アルバニアの民族意識に捕らわれて帝国と一族に災厄をもたらしかねない危険な自分の弟クルトを, トカゲの尻尾切りのように切り捨てたのかもしれない。彼を人身御供として差し出し, アルバニア人吟遊詩人たちの殺害を黙認する。そしてその代償として甥であるマルク＝アレムの昇進, すなわち夢宮殿の組織の支配権を手に入れたと考えられる。もしそうなら, キュプリリ家は再びアルバニアを裏切ったことになる。

　マルク＝アレムにとっては, 夢宮殿に留まる限り, こうした政治の暗い迷路から脱け出す道は閉ざされている。頂点が一瞬で奈落の底になるような政治のシーソー・ゲーム, あるいは, どちらが表でどちらが裏かも分からないメビウスの輪のような世界をさまよい続ける他はない。

　物語の終わり近く, 28才になったマルク＝アレムの結婚話が一族の思惑の中でまとまろうとしている。しかし夢宮殿の支配者として, 夢を使って人々を管理し, 夢の操作次第で人々の生殺与奪の権まで握るようになった彼には, いつしか人間的な感情が薄らいでいた。自らの結婚話であるのに無感動にすべてを一族に任せ, またかつては衝撃を覚えた「重大夢」の提供者に対する監禁, 尋問, そして死にも心を動揺させることがなくなる。故国アルバニアに対しても書類に「あちら」(p.233) と冷たく記すほど, アルバニアを自身とは無縁の地として感じるようになっていた。

　権力を手にし, 周りから恐れられる存在となったマルク＝アレムだが, 作者カダレは彼がそれと引き替えに何か大事なものを失った, そしてそのことに彼が気づくという形で物語を締めくくっている。

　ある春の日, 仕事を済ませて帰宅する途次, いつもは自分の地位の象徴である豪華な馬車の奥に引きこもって外を見ようともしないマルク＝アレムだが,

その日はなぜか窓の外に目を向けてしまう。外の世界にはいつしかアーモンドの花が咲き乱れ，コウノトリが舞い，愛が溢れていた。生命の躍動と喜びがそこにはあった。それは馬車の奥，夢宮殿の奥で日々を送るマルク＝アレムが失ったものである。目に涙があふれ，彼は自分が既に死んでいると思う。

〈早速，彫り師に注文して，花が咲き乱れるアーモンドの枝を私の墓石に彫ってもらおう。〉（p.235）

おわりに

マルク＝アレムは夢宮殿の組織の中で忠実に仕事に励み，自らを進んで組織の一機能と化そうとした。それによって地位を保ち，同時に，それによってひとりの人間としての温かく柔らかな心を失うことになった。彼をそういう人間にしたのは単に権力の魔力ということではない。なぜなら，ひとつの組織の頂点にあってもなお，マルク＝アレムは彼の手の届かないところで動いている政治力学から逃れることはできず，突然の失墜，あるいは伯父クルトに訪れたような死の予兆に脅えなければならないからである。

情報機関としての夢宮殿は皮肉なことにそうした政治的陰謀や策略に材料を提供するところであり，しかも一歩間違えれば，自らが提供した情報で自らの首が締められることにもなる。「重大夢」とされた夢を提供した者は秘密保持のために人知れず夢宮殿の奥に監禁され，死んでいく。その運命は夢宮殿で働く者たちの運命でもあるのだ。

「巨大な機械としての官僚制」[14] である夢宮殿は，実のところ，自らが生み出す恐怖によって自らも脅えなければならない不条理な恐怖のシステムなのである。そしてこれは，国民を厳しい監視の下に置いていた当時のアルバニアそのもののメタファーでもあろう。その意味では，カダレの『夢宮殿』は「文学の遺伝子コードまで変えようとする」[15] 体制に対する手の込んだ異

議申し立てであり，「社会主義国アルバニアの現実を明らかにする秘密の窓を開け放す」[16] 作品でもあったのである。

（論文初出　2001年）

【注】

使用テキスト：Ismaïl Kadaré：*Le Palais des rêves* (Fayard, 1990)

1) Eric Faye : *Introduction aux Œuvres d'Ismaïl Kadaré* tome l (Fayard, 1993) p.38
E. ファーユはこれらの作品を œuvres éternelles（不変のテーマに基づく作品群）と言っている。

2) Alexandre Zotos：*De Scanderbeg à Ismaïl Kadaré* (Publications de l'Université de Saint-Etienne, 1997) p.142

3) *Entretien avec l'écrivain albanais Ismaïl Kadaré* (Label FRANCE, 1993.9. nº 33)
ここで，カダレは体制の支配の在り方を《stratégie élaborée》（念入りに練りあげられた戦略）と言っている。また，
Ismaïl Kadaré：*Dialogue avec Alain Bosquet* (Fayard, 1995) p.166
では，《soigneusement organisé》（念入りに組織化された）という表現も使っている。

4) A. Zotos : op.cit. p.153

5) I. Kadaré : op.cit. p.69
V.ジチは獄中で『夢宮殿』の，おそらく地下版を読み，カダレも直ちに投獄されるに違いないと思ったらしい。

6) I. Kadaré : op.cit. p.64
カダレは自分と政府との関係が語られる時には，決まって《謎》という言葉が用いられると語っている。

7) I. Kadaré : op. cit. p.70

8) E. Faye : op. cit. p.38

9) I. Kadaré : op. cit. p.147

10) I. Kadaré : op.cit. p.166

11) I. Kadaré : op.cit. p.166

12) E. Faye : op. cit. p.52
E. ファーユはカダレ作品に特徴的なこととして，作中人物(語り手も含め）が物語内において事態をはっきりと見るケースは稀であると指摘している。

13) Actes du Deuxième Colloque international francophone du Canton de Payrac (Lot): 《*Le totalitarisme vu par Ismaïl Kadaré*》 (Sepeg Intemational, l993) p.139

14）Slavoj Žižek : *Looking Awry* (The MIT Press) (99) p.151

15）Actes du Deuxième Colloque ： op. cit. p.8

16）A. Zotos : op. cit. p.142

吟遊詩人の系譜

　ヨーロッパ，はるか中世，竪琴の調べにのせて，悲嘆きわまりない自作の恋愛抒情詩を歌いながら町から町へ，城から城へと巡る放浪の詩人。それが，吟遊詩人という言葉を聞いて，わたしたちがまず思い浮かべるイメージではないだろうか。

　南仏ではトルバドゥール，北仏ではトルヴェール，さらには，ドイツではミンネゼンガーなどと呼ばれるこの「吟遊詩人」という言葉は，しかし，実のところ極めて曖昧な言葉なのである。というより，こうしたわたしたちのイメージにぴったりの吟遊詩人など，ごく少数の例外を除けば，ほとんどいなかったと言うべきかもしれない。

　どういうことなのだろうか？

　吟遊詩人の代名詞ともなっている南仏のトルバドゥールを中心に，以下の3点から考えてみよう。

　　1）2重構造の吟遊詩人
　　2）トルバドゥールの謎
　　3）トルバドゥールの系譜

1）2重構造の吟遊詩人

　トルバドゥールは，パフォーミング・コミュニケーションの担い手として

のジョングルールという存在と深く係わっていた。

　わたしたちは，残存するトルバドゥールたちのテクストを，たとえば，ボードレールの詩と同じように読もうとする。しかし，それでは彼らの詩の魅力の半分も味わったことにはならないだろう。これらの詩は，何よりも先ず，ある旋律に合わせて歌われるべきものだったからである。というよりも，はじめにある美しい旋律があって，その音楽性を高めるために歌詞としての詩がついてきた，と言うことさえできる。詩が音楽から独立し始めるのは，13世紀以降の現象にすぎない。当時，詩と音楽はわたしたちの想像以上に分かち難く結びついていたのである。

　つまり，トルバドゥールの詩とは第一に歌詞なのだから，人々の前で歌われるというパフォーミング・コミュニケーションの形で理解されなければならない。この役割を引き受けたのがプロの歌手・演奏家であるジョングルールと呼ばれる人たちだった（彼らの楽器は，おおむね，リュート，ヴィオル，チターなどの弦楽器であった）。つまり，トルバドゥールとは何よりも先ず作詞家・作曲家であり，時には彼ら自らが歌い演奏することはあったが，多くの場合，彼らはいわばパフォーマンスの担い手としてジョングルールという存在を必要としたのである。

　しかしこのジョングルールたちは，ただトルバドゥールの詩を歌い演奏するだけではなかった。彼らの舞台は宮廷や城の大広間だけに限らない。町の広場，縁日の盛り場，大道なども大事な稼ぎ場で，その時は同業の見せ物師，大道芸人，猛獣使いたちと芸を競いあい，人々を引きつけるために，場合によっては本業以外の芸を披露することも必要となった。

　ジョングルール jongleur という言葉に，軽業師・旅芸人・旅楽士・放浪詩人，そして吟遊詩人などの訳語があてられるのは，彼らの芸の多様性をよく物語っている。

　ただ，彼らの多くは言葉を巧みに駆使する《語り》の技能者でもあったので，他の身体芸専門の者たちに比べれば，ある種有利な立場にあった。すなわち，多くの町々や遠い地方を巡る中で得た情報を，人々に面白おかしく聞

かせることができたのである。この場合の彼らは、外の世界の様々な情報を
もたらす，庶民レベルでの貴重な情報伝達者でもあったのである。

とはいえ、これはある意味当然のことかもしれないが、納税義務のない自
由人である彼らの《語り》には、教会や権力の側にとって好ましくない内容
も含まれていたと思われる。教会が「聖者伝」や「武勲詩」を専門とする
ジョングルール以外の者を，いわゆる外道として冷たい扱いにしていたのは、
一般のジョングルールが彼らの《語り》にそれだけ自由な拡がりを持たせて
いたということであろう。

ともあれ，トルバドゥールの作品というのは，時に別種のパフォーマンス
を見せることもあるこうしたジョングルールたちの歌声とともに，人々の間
に広まっていったのである。

2）トルバドゥールの謎

ところで，実はこのトルバドゥールという作詞家・作曲家の集団には，多
くの謎がつきまとっている。

彼らは，なぜ南仏という限られた地域で，ほぼ同時期に，それまでのヨー
ロッパには見られなかった《愛》の全く新しい概念を一斉に歌い始めたのだ
ろうか？

「手の届かない意中の高貴な女性」,「会うことも叶わぬ恋しい人」への未
完に終わるしかない恋心，これがトルバドゥールたちの扱うただひとつの主
題と言える。

彼らのテーマはただちに宮廷文学や騎士道文学と結びついて，またたくま
にヨーロッパの文学地図を塗りかえることになった。封建制度の完成期に入
り，社会が安定化へと向かっていたこの時期，かつての「武勲詩」を頂点と
する戦記物・英雄譚はすでに時代の趣味に合わなくなっていた，という事情
もあっただろう。

《優しき奥方よ，幾度私は溜息をつき／あなたのために大きな悲しみと

苦しみにたえていることか／会わねば何の慰みもないほど／恋し求めているあなたのために／さればこそ，たとえ遠く離れていても／……》
（Peire Regier　中内克昌訳）

　恋する女性への限りない憧れ，敬愛と献身，悲哀とともにあるときめき……こうした世界はそれまでのヨーロッパが知り得なかったはじめての感受性に彩られていたのだった。トルバドゥールの登場によって，文学的感受性は一気に新しい領域に入ったのである。

　それにしても，どうしてこのような恋愛抒情詩が突然のように南仏に生まれたのだろうか？もちろん，幾つもの説がある。

　たとえば，中世ラテン抒情詩が発展的に継承されたとする説，あるいは，アラブ抒情詩がアンダルシア経由で流入し影響したとする説など。ただ，トルバドゥールの起源を確定する納得のいく説はまだないというのが現状である。

　定説がない中で，しかし，ここで極めて魅力的，かつ想像力を刺激するひとつの仮説を紹介したい。ドゥニ・ド・ルージュモン Denis de Rougemont（1906-1985）の『愛と西欧』L'AMOUR ET L'OCCIDENT（1939）が語るものである。

　12，13世紀，南仏，当時，この地方を中心に《カタリ派》と呼ばれるキリスト教異端の宗教が広まっていた。その異端性は，たとえば，「神」は純粋に霊的存在であり物質世界のこの世は「悪神」の創造物であるとする二元論，従って肉体を持つイエスは「神」と同一ではないとする教義などから明らかである。いずれも，唯一の創造神，父と子と精霊の三位一体を根本教義とするカトリック教会とは相容れないものである。また，男性支配のカトリック教会とは異なり，カタリ派には女性のリーダー，高位聖職者がいて，男性と同様に尊敬を集めていたとも言われる。太古の地母神信仰から続く女神信仰の伝統が南仏にはまだ色濃く残っていたのであろう。

　そういえば，伝承ではあるが，イエスが処刑された後故郷を追われたマグ

ダラのマリア（「悔い改めた罪の女」ともイエスの「妻」であり「高弟」であったとも言われる）が小舟に乗って漂着し，余生を送ったとされるのも南仏である。マグダラのマリア（フランスではマドレーヌ）に対する厚い信仰がそうであるように，聖なる女性への敬慕と南仏は強く結びついている。

　周知のように，カタリ派はカトリック教会との対立の中で，1209年から1229年にかけて行われたいわゆる「アルビジョワ十字軍」（ローマ教皇の指令によって北フランス諸侯の軍と後にはフランス国王の軍が南フランスに侵攻）によって壊滅させられ，姿を消すことになる。

　トルバドゥールと呼ばれる詩人達が，突然，高い完成度をもった詩を携えて，いわば集中的に出現し始めるのが同じ時期，そして同じ地域なのである。彼らの詩の最初からの成熟度は，テーマの漸進的発展というわたしたちの常識を完全に覆すものである（つまり，トルバドゥールはいきなり《完全武装》で出現したのだ）。

　ドゥニ・ド・ルージュモンによれば，トルバドゥールはこの《カタリ派》の信者であり，カトリック教会の弾圧から信仰を守るために，その教義を宮廷愛（アムール・クルトゥワ）という形に変装させて表現したのだ，ということになる。従って，彼らの作詞家・作曲家というスタイルはいわば世を忍ぶ仮の姿，カトリック教会の下にある社会で密かに異教的な《女神》信仰，女性崇拝を守り続けていくための偽装形態ではなかったかというのである。ヨーロッパがはじめて知った《女性上位》の思想とは，実は《カタリ派》の《女神》信仰だったのかもしれない。

　こう考えれば，彼らを包む霧も少しは晴れてくる気がする。《意中の高貴な女性》とは つまるところ《女神》のシンボルなのだから，その愛ははじめから成就不可能という形しか取れなかった。また，トルバドゥールの詩が《カタリ派》の教義のある意味《直訳》であったからこそ，当初からのあの完成度があったのだ，という具合に。

３）トルバドゥールの系譜

　吟遊詩人の２重構造的な在り方を考えれば，その現代へ至る系譜も２つの系統で考えるべきかもしれない。ジョングルールたちは，軽演芸を経て，やがてルネッサンス期を境に演劇の領域に吸収されていくか（日本の田楽や猿楽が室町期に能へと芸術的発展を遂げたのと少し似ている），または大道芸として今日までその形態をとどめることになる。

　一方，トルバドゥールたちの系譜はどうか。既に見たように，彼らの詩で歌われた《成就》が望めない試練の恋というトルーバドゥール的愛の姿は，宮廷恋物語や騎士道物語の中で生き続け，やがては《三角関係》《不倫の愛》という風な翻案を経て，その後の西欧恋愛文学における有力な愛のスタイルとなっていく。

　極端なことを言えば，西欧の恋物語はトルバドゥールが《発明》した愛のヴァリエーションを語り続けているだけなのかもしれない。

　もしそうであれば，トルバドゥールの詩の調べというのは，800年の時空を超え，文学だけでなくわたしたちの愛についての考え方，そして女性への向き合い方にまで影響を及ぼし，今に至るまでその調べは流れ続けているということになる。トルバドゥールの長く密やかなドラマである。トルバドゥールの系譜は私たちの感受性のうちにあると言えるだろう。

（論文初出　1998年）

■著者略歴

毛利　潔（もうり　きよし）

1944年福岡県生まれ。九州大学文学部，同大学院修士課程修了。フランス文学専攻。九州産業大学を経て1977年から福岡大学文学部に勤務。同大学教授。日本フランス語フランス文学会九州支部支部長。2015年退職後は同大学名誉教授。2016年病没。

毛利潔文学論集
ネルヴァル，アラン＝フルニエ，カダレ

2017年11月10日　初版第1刷発行

■著　　　者── 毛利　潔
■発　行　者── 佐藤　守
■発　行　所── 株式会社 大学教育出版
　　　　　　　　〒700-0953　岡山市南区西市855-4
　　　　　　　　電話 (086) 244-1268(代)　FAX (086) 246-0294
■Ｄ　Ｔ　Ｐ── 難波田見子
■印刷製本── サンコー印刷 (株)

© Kiyoshi Mori 2017, Printed in Japan

検印省略　　　落丁・乱丁本はお取り替えいたします。

本書のコピー・スキャン・デジタル化等の無断複製は著作権法上での例外を除き禁じられています。本書を代行業者等の第三者に依頼してスキャンやデジタル化することは、たとえ個人や家庭内での利用でも著作権法違反です。

ISBN978-4-86429-479-9